华 章
传奇派

品味无限不循环的人生

织网人

1024之谜

徐永健 著

图书在版编目（CIP）数据

织网人:1024之谜 / 徐永健著. — 重庆：重庆出版社,2023.11
ISBN 978-7-229-18039-3

Ⅰ.①织… Ⅱ.①徐… Ⅲ.①长篇小说—中国—当代 Ⅳ.①I247.5

中国国家版本馆CIP数据核字（2023）第189240号

织网人：1024之谜
ZHIWANG REN：1024 ZHI MI

徐永健　著

出　　品：	华章同人
出版监制：	徐宪江　秦　琥
责任编辑：	王昌凤
营销编辑：	史青苗　刘晓艳
责任校对：	张铁成
责任印制：	梁善池
装帧设计：	王海英

重庆出版集团
重庆出版社　出版
（重庆市南岸区南滨路162号1幢）
北京毅峰迅捷印刷有限公司　印刷
重庆出版集团图书发行有限公司　发行
邮购电话：010-85869375
全国新华书店经销

开本：880mm×1230mm　1/32　印张：9　字数：182千
2023年11月第1版　2023年11月第1次印刷
定价：42.00元

如有印装质量问题，请致电023-61520678

版权所有，侵权必究

目录

第 一 章　裸体女尸/001

第 二 章　恐怖打油诗/012

第 三 章　死亡判决书/022

第 四 章　还会有人遇害/030

第 五 章　诗词研究/040

第 六 章　913的秘密/050

第 七 章　启动应急预案/058

第 八 章　第一嫌疑人/066

第 九 章　缜密的推理/078

第 十 章　利益动机/086

第十一章　感情动机/096

第 十 二 章　玩忽职守/105

第 十 三 章　大老板/114

第 十 四 章　合并线索/125

第 十 五 章　有罪推论/133

第 十 六 章　互联网评论家/140

第 十 七 章　反杀/149

第 十 八 章　绝笔信/157

第 十 九 章　破案了/184

第 二 十 章　搅局者/192

第二十一章　主菜和配菜/204

第二十二章　小物件/215

第二十三章　自作聪明/224

第二十四章　爱情故事/230

第二十五章　那就这样吧/244

第二十六章　梦中窥人/251

后　　　记/275

第一章
裸体女尸

2022年10月24日，全国程序员毅行大会现场。

一具裸体女尸俯趴在岱湖岸边，身上覆盖着大量蓝藻。虽然看不到正脸，但从尸体背部观察，被害人年龄应该不算太大，体型偏瘦，一头长发微微有些卷曲。

尸体周遭没有看见衣服、鞋子、包等可能归属死者的物品，也没发现利刃、绳索等作案工具，只有一辆显然是套牌的黑色大众汽车。

今天的毅行现场有一万多名程序员，大多是男性，这具修长、白皙的裸体女尸，就这样映入他们看似憨厚讷直的目光中。

本届毅行大会的总负责人杨礼权刚才还在暗自庆幸：老天爷真是给面子，昨天夜里狂风暴雨，今天一早就碧空如洗、万里无云了。得亏没有临时取消这一届的程序员毅行大会……运气好，真是没办法，连续四届大会，无一不是好天气！再看看我们的两位竞争对手，盛世荣耀公司的创始人夫妇，前些年就遭人投毒身亡了。网熊科技公司也在今年4月发生了重大刑事案件，核心研发部门的九个人一下被炸死八个，险遭一锅端，他们那个"种猪"CEO也跟着命丧黄泉了。昔日人们口中的东吴市互联网三巨头：网熊科技、盛世荣耀、搏虎科技——简称WSB，已经折戟了两家。唯独我们搏虎科技，商海沉浮而屹立不倒，风雨洗礼却岿然不动……

但是，做人还是不能自鸣得意、落井下石，被网友戏谑为"我傻叉俱乐部"的三巨头组合，未必一荣俱荣，却绝对会一损俱损。

果然，今天上午9点15分，在毅行现场3号站点的岱湖北岸便发现了这具女尸！

"如果早点儿知道就好了，我肯定不会举办这届程序员毅行大会！就在昨天晚上，天降暴雨，组委会的很多同事还提议临时取消活动……"杨礼权对刚刚赶到现场的市公安局副局长解释道，"可是，一场大型线下活动，涉及安保、宣传、招商、志愿者、交通、医疗等多个部门近千名工作人员。13个站点的桁架、临时厕所、广告牌、医疗设备、物资等，也都已经布置妥当。况且，外地的参会者在昨天就已经到我们东吴市了。临时取消大会，受到的阻力会更大。"

杨礼权一副捶胸顿足的样子，他无论如何也想不到会发生这样的事情。

不只杨礼权没有想到，整个组委会的近千名工作人员，都不会想到在如此大型的户外活动现场，居然发现了一具尸体——还是一具裸体女尸。

时间回溯到三个小时前。

每年的10月24日，都是全国程序员共同的节日。一年一度的程序员毅行大会如期举行。今天秋高气爽，正是徒步的好时节，岱湖边上一派盛况空前的景象。

这次毅行大会，全长30.72公里，沿途设有13个保障站点。每个站点有站长和副站长各1名，志愿者6—10名，医护人员2名。站点配备数以千计的瓶装饮用水，以及医药喷雾、消毒包扎用品、除颤器（AED）等医疗用品。较大的站点，还会提供救护车、功能性饮料和食品补给。

13个站点中，5号、9号和13号为三个终点站。每打卡一个终点站，都可以领取对应的奖牌（列表如下）。

站点名	距离/公里	饮水	饮料	食品补给	医疗站	移动厕所
站点1（起始站）	起点	✔			二级	6
站点2	3	✔			一级	4
站点3	5	✔			一级	4
站点4	8	✔	✔		一级	4
站点5（终点一）	10.24	✔			二级	6
站点6	12	✔	✔	✔	一级	4
站点7	15	✔			一级	4
站点8	18	✔	✔	✔	一级	4
站点9（终点二）	20.48	✔			二级	6
站点10	22	✔	✔	✔	一级	4
站点11	25	✔			一级	4
站点12	28	✔	✔	✔	一级	4
站点13（终点三）	30.72	✔			二级	6

除了含二百多人的站点组工作人员，现场还有安保组、交通组、物资保障组、宣传组、招商组、赛事组等多个部门共同参与。如果再加上之前的毅行报名、物资分拣、物资领取等工作，本届毅行大会动用的人力已远远超过一千人。

动用如此多的人力，耗费小半年的时间，都是为了今天。今天的大会现场热闹非凡，来自全国各地的一万多名程序员，聚集在岱湖边上，有Cosplay的，有扛旗打广告的，当然更多的是一身专业运动员装扮。他们或是纯粹为了毅行的，或是为了结识人脉的，又或是被公司安排过来的，比如那些拿出手机疯狂加好友的HR（人事），还有光彩照人的网红主播。

警用直升机、航拍无人机不时盘旋在岱湖上空；贴着"1024程序员大会"标志的摆渡车，穿梭在毅行现场；一个个身穿红马甲的工作人员，手持对讲机汇报着当前的工作状况。

毅行者们也纷纷拿出手机拍照留念，并在大会现场的微信打印机上免费打印出来。打印虽然免费，但是需要先关注公众号。不用说，这个公众号一定是活动主办方的。

搏虎科技公司是此次活动的主办方，旗下有两个正在重点扶持的直播项目，一个是"虎爪直播"，另一个是"逗虎直播"。微信打印机需要关注的公众号，自然就是这两个项目的。用户需要先关注"虎爪直播"或"逗虎直播"的官方公众号，才可以免费打印照片。

看着现场人山人海、热情洋溢，同时，一切又显得那样井井有条、尽在掌握,毅行大会的总负责人杨礼权不由心生感慨。几年前的第一届"1024环岱湖全国程序员毅行大会",真是经历了千辛万苦。

首先是项目的申报。筹备一场户外赛事,前期一大半的时间都用在了和政府打交道上。一场成功的毅行大会,少不了十几个相关部门的共同支持。

其次是参与者。程序员比较宅,不爱运动,这应该是一个没有太大争议的客观评价。别说让他们花钱报名参加毅行了,就是包吃包住,他们也不见得会来。好在东吴市是个旅游城市,也是一个比较喜欢折腾的城市。为了东吴市的互联网产业发展,也为了打造一个全新的城市名片,经过第一届毅行筹备委员会的争取,市文旅局为每一位毅行参与者提供了免费旅游年卡一张,交通部门提供了地铁30次卡一张。

同时,组委会还自掏腰包邀请了多位互联网大佬及国外知名科技公司的程序员前来助阵。

通过这些现实的物质刺激,加上各种话题炒作,终于推动了程序员的报名。

然后是招商。搏虎科技公司不是公益组织,一场大型户外活动的运营费用动辄上千万,招商便成了头等大事,但同时,它也成为组委会最难啃下的"硬骨头"。

几百万的独家冠名费,是没有企业愿意赞助的。招商组只能挖空心思,巧立名目,在T恤、毅行手册、现场展位等处设置了几十个广告位。除了这些硬广，组委会还为企业定制活动，比如参赛人员在毅行现场和赞助商的吉祥物合影，然后转发到自己的微信朋友圈，就可以领取奖品；再比如，关注广告主的小视频账号，拍摄并发布毅行现场的精彩视频，并@广告主账号，视频点赞数最高的前50名用户，可以赢取周边好礼。

最后是活动执行。要统筹近千名工作人员，并为一万多名程序员提供保障服务，可不是一件简单的事情。但就算这些工作再繁重，也可以通过人为努力来解决，而天气——这个人类不可干预的因素，才是户外活动执行过程中的最大阻碍。

活动的举办日期都是提前定好的，有的甚至几个月前就已经公布出去了，谁也不知道活动当天的天气情况如何。而普普通通的一场小雨，便可以轻轻松松让筹备数月的赛事泡汤。搞户外的人都知道，这一行是靠老天爷赏饭的。既然饭碗掌握在老天爷手中，那组委会里就有了一条不成文的约定：在10月24日之前，多种善因，少干坏事，以祈求上天恩赐，不在毅行当天降雨。

可能是看到了这些科技工作者的虔诚，前几届的毅行，都没有遭遇极端天气，甚至连阴天下雨都没遇到，无一不是响晴薄日。

仿佛一眨眼的工夫，"1024环岱湖全国程序员毅行大会"就走过了三年的光辉历程。

借由这个活动，东吴市获得了大量的关注，活动主办方搏虎科技公司，以及毅行总负责人杨礼权也收获了不少名气和荣誉。

现在的"1024毅行大会"，已经覆盖80%以上的互联网公司。那些行业大佬和国外的程序员不再需要花钱邀请，他们自己就会慕名而来。以前担心报名人数不够，现在是一票难求；以前担忧招商不力，现在是门庭若市，主办方从乙方摇身一变成了甲方。

其实，就算这已经是第四届了，杨礼权的工作依旧算不上一帆风顺。

昨晚后半夜，突然下起了大暴雨，直到今天早上5点多钟，雨才慢慢停歇。因为毅行路线太长，沿途站点又多，广告组通常会在头天下午，即10月23日下午，就把站点的桁架、篷房搭好；物资组也会在这个时候把饮料、食品等分发到各个站点。站长签收之后，会安排两名人员守夜，看守这些物资不被岱湖周边的渔民偷盗。

昨晚的滂沱大雨，让守夜的同事折腾了大半夜。他们的折腾，不是为了物资，而是为了自己。物资被整齐地摆放在篷房内，不用担心被雨水淋湿，而守夜人的帐篷，却是搭在室外的——篷房内空间有限，实在容不下两个长2.2米、高1.2米的帐篷。本来，天气好的时候在岱湖边上露营，是一件很浪漫惬意的事情，可是遇到了下雨天，这种体验立马就变成了困扰和麻烦。

大家不得不大半夜起床，慌乱且迷糊地收起帐篷，然后躲到拥挤又潮湿的篷房内，铺两个不怎么防潮的睡袋，打算将就着熬过这个夜晚。可是，躺下之后才发现，这样的条件着实让人难以入睡：堆满纸箱的篷房内气味刺鼻又异常闷热；钻进保暖效果远远大于防潮效果的睡袋里则会大汗淋漓、浑身瘙痒；就算把组委会配备的智能驱蚊器全部打开，也驱赶不走耳边飞鸣的蚊虫；豆大的雨珠密密麻麻地击打着篷布和桁架，更加让人心烦意乱。

岱湖实在待不下去了，经过守夜人员的一致申请，杨礼权最终同意让大家回家休息。毕竟下这么大的雨，应该不会有人冒雨偷物资。

杨礼权让大家睡上了安稳觉，他自己可是一夜未眠。一会儿招商组的人打电话说，因为天气问题，明天好几个赞助商的线下活动要取消；一会儿物资组的人在工作群里汇报，一次性雨衣还缺几千件；一会儿客服组的人又在反馈，他们接到多位毅行者的电话，询问明天的活动是不是要取消；天气引发的一系列问题还没解决好，直播那边又出了故障……

好在老天保佑，暴雨终于在今天早上5点钟停歇。到了6点，太阳终于露头，慢慢地从东方升起来了。

7点以后，毅行现场的人已经越来越多。这场秋雨下得恰到好处，空气清新了很多。岱湖边上除了参会人员，不少附近的居民也跑来凑热闹。几个围着丝巾、戴着帽子和墨镜的潮流大妈，拿手机对着老外就是一顿乱拍，见老外木讷、不会摆姿势，还亲授各种摆拍秘籍。

不知是疫情原因，还是其他什么原因，今年的老外特别多。"全国程序员毅行大会"俨然成了"世界程序员毅行大会"。

负责接待国外参会者的，是逗虎直播的老大许以婕。大家开玩笑说，组委会为了省钱，把公司的女人当男人用、男人当牲口用，很多人都被安排了多个任务。

许以婕是公司高管，又是"内部创业"这种半独立部门的领导，本可以不用做具体工作。但当杨礼权以"许总，您有海外读书背景，沟通能力又那么出类拔萃，这项工作只能拜托您带队"为由，试探性地委派了这份工作时，许以婕还是爽快答应了，并且亲力亲为地关注到每一个细节。

其实，这项工作并不繁重，又有机会跟国外的同行交流学习，不像前几届，还需要做一些诸如安排住宿、购买来回机票的琐碎工作。现在只需将大家请到公司，给他们统一分发毅行物资，说明一些注意事项，登记一下住宿地址、紧急联系人等信息，再同步把这些资料传给相关部门备案，就算完成任务。所以，许以婕自然也就答应了。

在交流的过程中，许以婕发现那些海外来的毅行者，基本都是华裔程序员，当然也有一些老外。和国内的程序员一样，他们聪明却不谦逊，创造力强但缺乏组织纪律性，四处躲闪的眼神里总是泛着些许浅薄，不过沟通起来还算顺畅。

许以婕回答了大家比较关心的几个问题，如："国内的互联网公司是否普遍存在'996'，或者大小周？""是否在正常的工作之外，还须投入一些时间进行职场社交？职场PUA和办公室斗争的情况多不多？""薪资水平如何？海归应届生及有多年硅谷大厂管理经验的人才，福利待遇分别是怎样的？""国内的生活成本高吗？上下班交通拥堵吗？房价水平怎样？户口好办吗？孩子的教育问题容易解决吗？"

看着他们迫切又好笑的样子，许以婕心想，原来大家对国内的互联网职场有不少误解，于是认真地解释起来。

早期中国互联网公司的成长方式，是以商业模式的创新为核心驱动的，而不是底层创新为主。这种模式很容易被复制，也就难免出现同质化的竞争。在这种激烈的，甚至可以说是残酷的竞争环境中，除了依赖强大的资本做后盾，还要比拼速度。正所谓"天下功夫，唯快不破"，产品的开发也要追求"小步快跑，快速迭代"。如此的高速运转，"996"和大小周就成了必然。

当然这也不是绝对的，通常情况下，只有那些从0到1搭建业务模型的公司或项目组，才会采用这种高强度的工作方式。其实，这种情况在每个国家都是普遍存在的……

许以婕这一番介绍，听得大家群情激昂，掀拳裸袖地表示国外程序员内卷太严重，还是要回国发展！

第二章
恐怖打油诗

8点整的开幕式顺利完成，重要领导的讲话已经结束，方阵队开始出发，大会的直播又添了几台服务器，并加强了对直播评论的审核力度……

最紧张的时刻终于过去，这一届的毅行大会算是成功了一大半，后面基本上不会再有什么问题了，杨礼权松了一口气。拿起早上不知道谁给的面包，他狼吞虎咽地啃起来，一边还不忘掏出手机，打开直播，观看现场情况。

直播的在线数据越来越高，评论区却冷冷清清，偶尔有几条评论，还是在抱怨："发个评论，居然要强制登录，太不人性化了！"

杨礼权知道，网信办早在2017年10月1日就对网络跟帖做出了管理规定，要求所有的评论必须实名制。也就是说，根据要求，发布评论不仅需要登录账号，还要进行实名认证。即便有些网络平台开设了"匿名评论"功能，账号本身还是需要先完成实名认证的。你以为的匿名，只是对你和其他用户而言的，监管部门或平台方想查你，绝对是一查一个准儿。

因为账号登录是实名制的前提条件，所以，现在各大平台的评论发布，一定都是强制登录的，这么多年过去，用户应该早就习惯了，为何还在吐槽这个问题？杨礼权决定亲自测试一下。这一测试才发现，烦琐的不是发布评论需要登录，而是账号体系的设计就有问题。

互联网从业者都清楚，每让用户多走一步，就会流失一部分用户。一般的登录功能，只需要验证手机号（以此作为实名凭证）即可，简简单单一步搞定。而大会直播的登录体系，至少包括如下几个步骤：默认为账号密码的登录方式（这种传统的方式早就应该去掉，如果保留，也不该是默认选项）→切换为手机号登录→勾选用户协议→完成图形验证码（通常图形验证码是在账号登录失败5次左右才会弹出来，作用是防止账号被盗。但大会直播的图形验证码，初次登录就会弹出，这样做可以节省大量的短信发送量，代价却是牺牲用户体验）→输入正确的短信验证码，登录成功。

这里面还不涉及合作登录、未实名制的用户选择了账号密码进行登录等情况。账号体系关联的东西太多，一时半会儿优化不了，但目前因为这个功能，已经严重影响到用户发布评论的热情。思考再三，杨礼权决定铤而走险，开启非登录用户也可以发布评论的功能，简单粗暴但又违法违规地解决了这个问题。一瞬间，大家就活跃起来。

不知道从什么时候开始，评论区出现了一首怪异的打油诗，诗曰：

　　四狗赴黄泉

　落水狗，债难酬，岱湖北岸展尸首。

　四眼汪，助桀虐，涸藩抉目有人瞅。

　丧家犬，善恶报，椓阴不够狗叼走。

　白眼狼，沉酣醒，冤孽偿清好撒手。

起初，这首打油诗除了文字有点拗口难懂外，并未引起杨礼权的足够重视。可能这就是网友搞的恶作剧，没有必要把精力浪费在一个评论上，对于诗中的几个不认识的字词，更加不会花时间去研究。

但是，这首打油诗就像中了魔一样，阴魂不散，每隔913秒——15分钟多一点儿——便会准时出现一次。显然，细心的网友也发现了这个规律，纷纷为这首诗词点赞。网友的力量是惊人且可怕的，不一会儿的工夫，这57个晦涩古怪的文字就被点成了精华评论，自动出现在评论区的最上方。如此一来，它的关注度更高了。

杨礼权一面让直播审核人员即时删除评论，一面打电话给大会直播方——虎爪直播的负责人孙筱音，询问是怎么回事。可是孙筱音的电话一直打不通，他只能转而联系其他技术人员协助排查。

虎爪直播的研发主管查了半天，也没查出个所以然。杨礼权心中有气，又不便直接怼别人的下属，所幸这只是个互动上的小bug，不影响直播观看，实在不行，就安排人员每隔913秒删除一次评论吧。

正在郁闷之际，杨礼权远远看到衣物寄存处附近，逗虎直播的同事正在做地推，许以婕也在那里指导工作。

许以婕是个漂亮迷人的姑娘，总是会在人群当中第一个被关注到。她的面容姣好洁白，一双温柔清澈的眸子，楚腰蛴领的高挑身材,还有谜一般略显冰冷的气质。同事们背地里开玩笑说她是"直男斩",但凡一个成年男性见到她,都会忍不住有点想入非非。只是可惜了,许以婕已经有男朋友,而且据说两个人的关系稳定,很快就要结婚领证了。

"一姐,你还亲自来监工呀?"杨礼权边走过去边打趣道。大家都喊许以婕为"一姐",取的是名字后两字的谐音。

纵使杨礼权是本届毅行大会的总指挥,他在搏虎科技公司的岗位级别,也要低于许以婕。许以婕是公司内部孵化项目的老大,GM级别(部门老板),而杨礼权只是VP(部门副总)。

职位的不同,没有影响他们成为好朋友。

对杨礼权来说,虽然他的职称低于许以婕,但是一来他们隶属不同部门,工作交集并不多;二来他是毅行大会的总负责人,每年为公司带来上千万的收入,反观逗虎直播,目前还在烧钱;再者,杨礼权的年龄也稍大一些,就是公司大老板也称呼他为"老杨",而不是"小杨"。

对许以婕来说,她的性格刚柔并济,既有职场女强人的雷厉风行和杀伐果断,又有博物学家一般的广博和精铜。这样一个事业心极强、拥有双学士学位和一个硕士学位的现代知识女性,待人接物上自然比较低调。她的处世哲学是,不仅要把朋友搞得多多的,还要把敌人搞得少少的。

通常情况下,像许以婕这种级别的领导,大可不必去做一线的执行工作。但是这些职场老手,都不会不知趣地闲着。他们会出面招待大客户、接待贵宾，或者陪同更高级别的上级领导在毅行现场转几圈，拍拍照片，然后再买些奶茶、零食之类的东西，跑到一线的工作人员那里，犒劳一下大家，指导一下工作。存在感还是要刷一刷的。

许以婕跟其他领导不同，她不会花时间和精力陪客户聊天，而是更愿意做些具体的事情，她信奉把产品做好才是一切的根本。她来到逗虎直播的地推现场，除了慰问辛苦的同事，更是要近距离观看用户下载、安装、使用逗虎直播APP的整个过程。只有这样，才能真实地发现问题，然后切实地解决问题。如此务实的工作态度，让她得到团队成员，以及公司其他同事的认可和尊敬，尤其是那些刚毕业的小年轻，经常将她挂在嘴上："牛气的人多了，但是让老子看得上的没几个，一姐算一个。"

许以婕见杨礼权往这边走来，便停下手上工作迎了过去。

杨礼权掏出香烟，递了一支给许以婕，帮她点上后才把自己的那根点燃。他大口大口嘬着香烟，仿佛一身的疲惫都随着蓝色的烟雾消散殆尽了。

"一姐，咨询个专业的事儿。"杨礼权道。

"还有杨总不知道的事儿吗？您尽管问，我一定知无不言。"

"这个问题你肯定知道。是这么回事，今天早上，大概是8点15分左右，虎爪直播的评论区出现了一条很诡异的评论。这条评论每隔913秒就出现一次，删也删不完，到时间就会自动触发一条。你说奇怪不奇怪？"

"呃，您该咨询孙总呀！"对于其他部门的产品问题，许以婕不便发表评论。但她又不能就这样直接回绝杨礼权，顿了一下接着道："有没有查发布者的IP地址？如果用户无法锁定，可以试着把IP地址封掉。"

"用户确实无法锁定，不断更换昵称。IP也查了，但难题就在于IP封不了！"

"为什么？有了IP就可以封锁呀。当然，也要看具体是什么样的评论内容，是否符合封锁IP的标准。"

"不是这个原因。我说的封不了，是因为IP显示为公司地址。如果封了的话，整个公司的人都会受到影响。"杨礼权叹了口气，压低声音，愤愤不平地说，"肯定又是那几个孙子干的！见不得别人风光，每年毅行都要给我使绊子。"

"杨总，您可小点声吧……不过问题应该不大，如果是自己人搞的恶作剧，不会做得太过分。网络上只要产生了用户行为，就是可以追踪到痕迹的。回头您跟孙总好好沟通一下。"

"嗯，好的。"杨礼权的手机屏幕突然亮了，应该有微信消息。他没有滑开手机，而是礼貌性地将手机熄屏，然后对许以婕笑了一下："烟也抽完了，该干活了。"

"是啊，不能再聊了，大忙人，赶紧去工作吧，今天可是够你忙的了！"

"唉，我就是一个苦命的人，整天瞎忙活。"杨礼权伸了个懒腰，浑身的骨骼似乎都在吱吱作响，"还是先到厕所洗把脸，提提精神,已经好几天没怎么睡觉了。真是毅行一天瘦10斤啊!"

从卫生间出来,杨礼权便搭上一辆调度车,从起始站的1号站点前往2号站点。在车上的十几分钟,这位毅行大会的总指挥躺靠在座椅上,紧绷的神经慢慢松懈,疲倦感接踵而至。他想要小憩片刻,但时间还不够他进入梦乡。

到达2号站点,简单督察了一下工作,杨礼权就匆匆前往3号站点。

一般来说,越靠后的站点,接待的压力越大。因为毅行者越往后走,所需的补给也就越多。除了补给,医疗救助、交通调度等方面的需求也会同步增加。1号站点和2号站点承接的工作量不大,只要做好路线引导、相关的咨询工作即可。

真正的压力,将从3号站点开始。3号站点设在岱湖北侧的下游处,毅行的路线也将由此正式进入岱湖风景名胜区。

岱湖是我国十大淡水湖之一,宛如一块绿宝石镶嵌在淮海大地上。岱湖风景区是东吴市近年倾力打造的城市名片,尤以岱湖北岸的开发最为成熟。此次的毅行大会,就以岱湖北岸为主要线路。

但是,岱湖的治污工作却总让人感觉举步维艰。大量工业废水的排入,生活污水的排放,以及沿湖农田化肥、农药的施用,是造成湖水污染的三大原因。而岱湖水的封闭性相对较大,湖水的更迭循环缓慢,就使得这些污染物长期滞留湖中。时间一久,湖水的流动减污能力大幅下降,逐渐成为市民口中的"臭死水"。为了应对这个问题，市政部门积极展开"清湖、安澜、惠民"三大工程。经过这几年的治理，岱湖的水质有所改善，起码老百姓闻起来没有以前那么臭了。

可是，今天早上5点钟才停止的大雨，将道路表面的泥土、垃圾悉数冲入湖内，导致此刻岱湖一片混浊，处处散发着腥臭味。

3号站点处在湖水的下游，从堤坝往湖中伸展数十米，堆叠、挤压着一大片蓝藻。蓝藻中裹挟着大量生活垃圾，远远望去，像极了一幅肮脏、低劣的油画。加上雨后气温升高，一股强烈的令人作呕的味道，慢慢挥发出来。

杨礼权还在车上的时候，就看到这一大片湖面犹如被泼洒了绿漆，路上的行人无不掩鼻而过。

3号站点的站长贾德霖见杨礼权过来视察，连忙跑过去迎接。路上凹凸不平，他不由打了个趔趄，差点摔倒。贾德霖之所以如此慌忙，不全是对领导的讨好，更是因为他有一项重要且紧急的工作需要汇报。起码他自己觉得是这样。

"杨总，您来得正是时候，我有个工作需要向您汇报。"贾德霖在距离杨礼权四五米的地方就开口道。

"蓝藻的事情？"杨礼权反问道，此刻他正憋着一肚子的气。

"对，对，真是太臭了！我也不知道该怎么处理，我找了环卫工人，他们说不归他们管……您看，现在都已经8点45分了，毅行的大队伍马上就要过来……"

"为什么不早点汇报？！你找环卫工人有什么用！"还没等贾德霖说完，杨礼权便气愤地打断了他。

贾德霖被怼得哑口无言，场面一度十分尴尬。

片刻后杨礼权冷静下来，紧急问询了其他站点是否也有蓝藻侵袭，然后又联系生态环境局的领导，请求尽快调配人员和设备，对蓝藻进行打捞。

一切安排妥当之后，杨礼权缓缓从口袋里掏出香烟，递了一支给贾德霖。

"这都10月底了，怎么还有蓝藻？"杨礼权像是在安慰面前这个局促不安的3号站站长。

"是呀，可能是气温还很高吧，促进了蓝藻的生长。"贾站长迎合道。

"嗯，还好其他站点没出现。"杨礼权抬起手腕，看了看时间，"预计9点钟，将会是你们站点的人流高峰，也快到时间了，还有十来分钟。我想打捞蓝藻的人员，应该没那么快赶到。等一会儿毅行者到来时，你们要做好解释工作，同时尽量不要让大家靠近岱湖，尤其是那片有蓝藻的地方。"

"嗯，好的。"

"那行吧，我先去4号站点看看。你这边有什么事情，要及时跟我反馈。"

"好的，杨总，后面有事情发生，我一定立即跟您汇报。"

"呵呵，我可不希望后面还有事情发生！"

第三章
死亡判决书

一语成谶，坏事情总是会不期而至。

不管今天的环湖大道有多热闹，也不管围观的群众有多少男性，那具裸体女尸，就这样静静地俯趴在岱湖边上。

负责毅行大会安保工作的民警立即在现场设置了警戒线，同时第一时间向上级领导汇报。接到报告后，鉴于事件性质恶劣、民众关注度高，分管刑侦的市公安局副局长林闯亲自带队，赶赴现场指导破案。

刚到达案发现场，刑警队长束丽丽、主任法医师朱天浩，以及多名技侦人员立刻展开了勘查工作。

"杨总，尸体是什么时候发现的？"林闯询问站在身边的杨礼权。

"今天上午9点15分左右，我接到3号站点的汇报，说生态环境局的同志在打捞蓝藻的时候，意外发现了一具女尸和一辆黑色轿车。当时我正在4号站点，接到消息后就立马赶来了。哦，对了，这两位是3号站的站长贾德霖和负责打捞蓝藻的同志。他们对情况应该比较了解。"杨礼权愁眉不展地向林闯介绍道。

顺着杨礼权的目光，林闯看到了两个瑟瑟发抖的男人。普通人心理承受力有限，看到这种现场害怕也是正常反应。

"嗯嗯，早上我们接到领导通知，要求尽快安排人手打捞岱湖蓝藻。我们在9点10分左右到达现场，刚准备展开打捞工作，就发现了这辆轿车和尸体，于是立刻汇报给了贾站长。"生态环境局的同志道。

"当时你也在打捞现场吗？"林闯一双锐利的眼睛看向贾德霖。

"不……不在。那会儿正是我们站点的人流高峰，我当时在篷房处接待毅行人员。不过，听说发现了尸体，我就赶紧来到现场，并通知了民警同志。"贾德霖回答道。

林闯看着环湖大道上蔚为壮观的毅行队伍，没再继续询问。他的目光转向警戒线内那具女尸，女尸俯趴着，身上覆盖着蓝藻，虽然看不到正脸，但从尸体背面观察，死者年龄应该不算太大，体型偏瘦，一头长发微微有些卷曲。

尸体周遭没有看见衣服、鞋子、包等可能归属死者的物品，也没发现利刃、绳索等作案工具，只有一辆显然是套牌的黑色大众汽车。

"林局，经过对尸表的初步检验，未在口鼻腔内发现蕈样泡沫，指甲内也无泥沙和水草。另外死者尸斑明显，综合来看，不像是溺亡而死。"法医朱天浩汇报道。

"那就是死后抛尸了？死因查到了吗？"林闯问道。刚到现场，他就猜到这不会是一起自杀案件，也不太可能是意外事件，大概率会是凶杀后抛尸。

"在死者身上发现了多处损伤，这些损伤包括脊椎处的撞击伤、多处关节的摔跌伤，以及左前臂的碾压伤。死因，应该是脊柱损伤致死。"朱天浩看向那辆黑色轿车，"死者皮肤处有痕迹明显的车胎印记，经过比对，和现场这辆大众汽车的轮胎相吻合。"

"也就是说，死者是被这辆车撞死的？"

朱天浩点点头："当然，这些是根据尸表和现场的初步勘查得出的结论，具体的结果，还需要进行系统的解剖检验。不过，根据我的经验，情况应该就是这样。"

林闯相信这位经验丰富、工作严谨的主任法医师的专业能力。一起办案这么些年，老朱很少会在只对尸体进行初步检查的情况下，就把结果说出来。看来，凶手的作案手法比较简单直接。

"死亡时间，现在可以推测出来吗？"林闯接着问道，"你刚才说已经出现尸斑了，那么死亡时间，至少应该在两个小时以上吧。"

"具体时间现在还不能确定。"耿直的朱天浩如实回答，"只根据初步的现场勘查就推测死亡时间是不负责任的，有时候可能会产生几个小时的误差。"

"老朱，现在有理由怀疑这是一起蓄意谋杀案，死亡时间的推断，对缩小排查范围有重要的帮助。这个案子不同以往，老百姓的关注度极高，我们必须尽快破案。我希望你能先给出一个大概的时间段。"

"老林，我先说好了，我现在能给出的只是一个基于初步检验……"朱天浩显得有点为难。

"行啦，别磨磨唧唧的了，赶紧说吧。"

"好吧。根据尸表检验初步推断，死者的死亡时间应该在昨晚11点到今天凌晨1点30分之间。"

"嗯，和我推测的差不多。昨夜下了大雨，凶手应该是趁着雨天作案，雨水可以把犯罪痕迹冲洗掉。不过我们确定了死因，又推测出了死亡时间，现在只要对死者和车辆信息进行调查，应该有机会快速抓到嫌疑人。"林闯一边思索着一边道。

"是的，剩下的就看束队长了。我先安排把尸体运到解剖室做进一步检验吧……"朱天浩正说着，就看见刑警队长束丽丽朝这边走来，"瞧，真是说曹操曹操到，束队长来了。"

束丽丽虽然只有三十出头，但也是位经验丰富、声名在外的老刑警了，东吴市的多起悬案、疑案都是她参与破获的。

这位女刑警身材矮小，不爱打扮，整日里素面朝天，装束看着比男人还糙，有几次还被新来的同事当成了保洁阿姨。但是，接近她的人，哪怕只是远远看上一眼，都能感受到她那干练飒爽的风格、充满机警和锐利的眼神，以及一种刑警与生俱来的强大压迫感。

三十多了，束丽丽连个对象都没有。早在读警校的时候，老师就温馨提示过："女刑警不好嫁。所以，比起顺利毕业，你们更应该做的是，在校园里找个男朋友！"工作后，林局也不止一次地关照过："犯人没少抓，怎么男朋友就抓不到一个！给你介绍的那些男人，哪一个不比你的犯人强？"但是，束丽丽自己既不着急，也不在乎，好像她的世界里只有犯人，没有男人——如果有，那也一定是男犯人！对于男人，束丽丽唯一擅长的，是把他们送进监狱。

"林局，老朱，死者身份确定了。"束丽丽拧开一瓶水，咕咚咕咚几口就喝完了，"死者名叫孙筱音，搏虎科技公司高管，具体负责的业务是虎爪直播。对了，这次毅行大会的唯一官方直播，就是虎爪直播。"

"孙筱音是本地人，今年35岁，未婚，父母均为事业单位职工，社会关系简单，基本可排除由上一代仇恨导致的谋杀。但是，根据现场情况来看，这又不像是自杀或意外。我们推断这是一起蓄意谋杀案，而且这里不是第一案发现场。凶手应该是先将人杀害，然后开着这辆套牌的黑色大众轿车，将尸体丢弃在这里。由于昨夜雨量较大，加上今天上万名毅行者在环湖大道上行走，为案件的侦破带来了一定的困难。"

林闯点了点头，转身又问起朱天浩："死者生前有没有遭到性侵？"

"经过初步检验，应该没有。我马上回市里对尸体进行详细检验，具体结果最快今天上午就能出来。"朱天浩说完便准备离开。

"好，辛苦了。"林闯继续问束丽丽，"有没有在车上搜查到什么线索？"

"没有。车辆在岱湖中浸泡时间太长，指纹信息肯定是采集不到了。车里什么都没有，行车记录仪也没安装。现勘组的同事还在岸边继续寻找其他证据，生态环境局的同志也在协助打捞。"对于当前的线索不足，束丽丽并没有感到沮丧，继续干练地汇报道，

"因为这是一辆套牌车,所以我已经派人去全市的几个黑车据点进行调查了。案发现场的沿途监控也正在积极调取,稍后我们还会对相关人员进行逐个询问。毅行组委会给我们提供了一个篷房,可以用作临时询问室。"

"时间重点锁定在昨晚11点到今天凌晨1点30分之间,同时,要随时和法医鉴定中心保持对接,跟进那边的检验结果。"林闯提示道。

"明白,林局。"

"行,你去忙吧,务必尽快抓到凶手。"

"收到。"说完束丽丽略微等了几秒,确认领导没有其他指示,便匆忙离开了。

只走了不到两分钟,她就带着一张照片回来了。

这是一张用拍立得相机拍下的照片,封装在透明的塑料袋里,应该是为了防止被雨水浸坏。照片里的内容,不是人像,也不是风景,而是一段类似古诗的奇怪文字。文字如下:

曝尸落水狗
子系落水狗,曝尸岱湖北。
贪婪债难酬,引狼反掣肘。

"这是现勘组的同事,刚刚在岸边发现的。"束丽丽把照片拿给林局,然后站在一旁揣摩着这段文字想要传递的信息,"'子系',应该就是'孙'的意思,指的是孙筱音。'曝尸岱湖北',说的是目前尸体被发现的位置,正好处在岱湖北侧。可是,'落水狗''贪婪债难酬''引狼反掣肘'又是什么意思呢?"

"只发现了这张照片吗?相机有没有找到?"林闯问道。

"只有这张照片,在距离尸体10米远的地方发现的。现勘组的同事说,照片外面的塑料袋,以及照片本身,都没有发现任何指纹线索……塑料袋上没有指纹很好理解,应该是被雨水或湖水冲掉了,而照片上也没有指纹,那么一定是被凶手故意擦掉的。看来凶手很谨慎,也很狡猾。"

"你觉得是谁拍的照片?"林闯的这个问题,像是在问束丽丽,又像是在问自己。

"我认为,照片是凶手拍的。"

"然后,故意把照片放在被害人旁边?"

"应该是这样。"

"凶手为什么这样做?"

"可能是想传递某个信息,比如昭示被害人犯下的罪行。也可能是某种引导。"

"引导?引导我们破案?凶手就不怕暴露自己吗?"

"可能引导我们比暴露他自己更加重要吧。"

"嗯。"

林闯不再说话,看着照片陷入了沉思。

第四章
还会有人遇害

在毅行组委会为警方提供的临时询问室里，大会的总负责人杨礼权被第一个请了进来。坐在他对面的，是刑警队长束丽丽。林闯则在一旁悄悄观察。

"你跟死者孙筱音是什么关系？"束丽丽直接问道。

"普通同事关系。"

"有工作上的交集吗？"

"平时交集不多，这一次因为毅行交流才多了起来。她是这次毅行大会的直播负责人。"

"你最后一次见到她，是什么时候？"

"见到？最后一次见到是在昨天晚上，组委会几个领导在市区吃饭，她也在场。"

"你们几点散场的？"

"记不太清楚了，不过昨晚是我买的单，我可以看下微信的支付记录。"杨礼权说着就打开微信界面，查看了账单详情，"是昨天晚上10点52分16秒。"

"散场后，你知道她去哪儿了吗？"

"应该是回家休息了吧。我让他们都尽快回去休息，好迎战今天的毅行大会。"

"你能确定孙筱音回家了吗？"

"呃，这个我确定不了。我只能对他们有要求，但散场后他们又去了哪里，我就管不了了。"杨礼权摊了摊手道。

"那散场之后，你们还有过交流吗？比如在工作群里，她还有没有说过话,或者,她回到家之后,有没有跟你们报个平安?毕竟那么晚了,一个女孩子回家。"

"报平安,是没有的。我们这些干互联网的,加班到这个点儿是很常见的。"杨礼权无奈地道,"最近为了搞这个毅行,大家已经连续加了一个多月的班……对了,我想起昨天夜里我们还通了一个电话。准确地说,是我打给她的。"

"什么电话?几点打的?"束丽丽赶忙问道,这极有可能是死者生前的最后一通电话。

"稍等,我看下通话记录,"杨礼权打开手机,翻了好几页,终于找到了孙筱音的名字,"我是在午夜12点18分打的电话,通话时间2分43秒。"把手机放下后,杨礼权接着道:"我们沟通的是直播的事情。"

"直播的什么事情,需要你大半夜找她沟通?"

"呃,昨晚不是下了大暴雨吗?我们很多同事都是一夜没睡,忙着处理毅行的各种事。我给孙筱音打电话,是让他们再检查一下直播的并发处理,确保可以负载今日的巨大流量。根据最新评估,今年毅行直播的观看数据会突破1000万人,是去年的3倍以上。你也知道,最近直播行业那么火……"

"这就是你们最后一次联系了吗?"束丽丽打断了他,把话题拉回到案件本身。

"对。今天早上我又联系了她几次,都没有联系上。现在想想,那时她应该已经出了意外。"

"今早你联系她是为了什么事？"

"也没有什么特别重要的事，就是直播出了个小问题。"

"什么问题？"

"呃，问题倒是不大，不过说起来有点复杂。"杨礼权没料到这位刑警队长会问得如此细致，不放过任何一个信息，"今天早上直播间出现了一条怪异的评论，每隔913秒就出现一次。一开始，我们试着封锁昵称和IP，但昵称是随机的，IP又是公司的，不能因为一条恶搞的评论，就把整个公司的IP封了，所以，我只能安排人每隔913秒就手动删除一次。不过，后来经过排查发现，这些评论不是来自客户端，而是从后台发布的。"

说到这里，杨礼权停顿了一下，心想不能再说了，否则就要暴露"行业机密"了。他毫无把握地在心里祈祷，祈祷这个严苛的刑警队长不要再继续追问下去。但很快，束丽丽就给出了否定的回应。

"请你展开谈一谈。"束队长不动声色地要求道。

"好吧。"看来是躲不过去了，还是主动交代吧，"这个功能，当初是孙筱音主导开发的，使用者是虎爪直播的运营人员，目的是提高评论的数量，让直播间的数据好看一些。具体的功能包括批量发布评论、定时发布评论、随机生成发布者昵称，还可以设置发布的间隔时间等。当然，这是很早以前开发的功能了，2017年网络实名制出台以后，它就被关闭了。因为时隔太久，现在知道这个功能的人可能就剩孙筱音一个。所以，我们的技术人员，也是排查了很久才找到这个原因。"

"既然已经停用了，为什么会突然启用呢？是谁启用的？"

"log（日志）记录显示，是孙筱音在今天凌晨1点50分，把注释掉的代码给激活了。"

"孙筱音？1点50分？"束丽丽和林闯同时问道。孙筱音的死亡时间是昨晚11点到1点半，怎么可能是她？

"是的，操作日志应该不会出错。"

"有个事情我得说一下，虽然不归我们管，但我会移交给相关部门。这个事情就是，你们为什么没有把后台发布评论的代码彻底删除，而只是注释掉？还有，我看到你们直播间的评论，好像不用登录账号就可以发布吧？"束丽丽对网络安全有一定了解，知道这是违规操作，"现在我问你，那个每隔913秒就出现一次的怪异评论是谁发布的？你刚才说发布者的IP是公司的。"

"这个我们也查了，发布者的账号是孙筱音。"

"什么？又是孙筱音？"束丽丽讶异地问道。

"没错，技术人员查过发布者的MEID，也就是手机设备识别码，确实是孙筱音的。应该是她先激活了这个程序，接着登录后台账号，预设了定时发布评论的功能，并把发布间隔设置为913秒。因为评论是从后台发出的，系统就将发布人的地址误判为公司IP了。我想这应该是一个可以优化的bug（故障）……"

"你觉得还有必要优化这个功能吗？"束丽丽略带嫌弃地看了一眼杨礼权，"发布者的IP被误判了，那解封后台程序的地址信息呢？别告诉我也出了bug。"

"bug倒是没出，但是系统没有记录这个字段。公司有严格的代码管理制度，一般只需要记录程序员的账号和使用时间就可以追踪到这个人。而且，IP也是不准确的。"

"杨总，我不太同意你这个说法。并非每个人都是黑客，也不是每个人都懂程序，IP有时候是不准确，也可能会被篡改，可是这对于锁定嫌疑人的地理位置，依然具有非常大的作用。"

"警官同志，虽然我大学读的是计算机专业，但从毕业后我就没写过一行代码，一直做的是运营方面的工作。所以，太专业的问题，我恐怕回答不了……"杨礼权已经被束丽丽吐槽式的审问，折磨得几近崩溃，终于忍不住怼了回去，"不过，您今天提的这些建议，我觉得非常好，真的。我一定会转达给公司高层，加强对员工尤其是程序员的监管工作。"

"那行，我们回到案件本身。定时评论的功能，是在什么时候预设的？"

"今天凌晨2点钟。"

听到这个答案，询问室的民警面面相觑。凶手的作案经过仿佛已经浮现出来：凶手在昨晚11点至今天凌晨1点30分之间，先将孙筱音杀害，接着用她的身份在凌晨1点50分解锁了后台发布评论的程序，然后用其账号登录后台，在凌晨2点钟预设了那条每隔913秒就自动触发一次的评论。

由此可以推断，凶手一定具备很好的编程能力。但是这个排查范围实在太大了，这里是全国程序员毅行大会，现场就有一万多名程序员。如果再算上活动主办方——搏虎科技的上千名员工，那真是如同大海捞针一般。

思路一转，束丽丽接着问道："那个古怪的评论内容是什么？"

"哦，是一首拗口的打油诗。"杨礼权说得很随意，看样子他并没把这首诗当一回事。

但是刑警们无不为之一振，林闯更是站了起来，走到杨礼权跟前："打油诗的具体内容是什么？"

"我看下，当时我应该截屏了，发给程序员帮忙删帖，我找找看……"杨礼权看到大家如此激动，也开始紧张起来，当然这份紧张中还有不少莫名其妙、大惊小怪的成分。打开手机相册，他找到了那个评论的截屏："嗯，找到了，林局，您看看。"

林闯接过手机，看着那首打油诗，眉头紧皱了起来。很快，他让杨礼权把这个具有重大侦破线索的截屏，发送到他和束丽丽的微信上。

诗中有不少生僻字词，但丝毫没有减少它的恐怖感。束丽丽看到这首诗，感觉后背一阵发凉："这只是个开始，还会有其他人遇害！"

杨礼权惊了一下，哆哆嗦嗦拿起手机，第一次认真看完了这首惊悚的打油诗：

四狗赴黄泉

　落水狗，债难酬，岱湖北岸展尸首。

　四眼汪，助桀虐，涸藩抉目有人瞅。

　丧家犬，善恶报，栎阴不够狗叼走。

　白眼狼，沉酣醒，冤孽偿清好撒手。

　　第二个被叫到询问室的，是3号站的站长贾德霖。

　　"贾先生，昨夜3号站点的守夜人员是几点钟离开的？"束丽丽问道。

　　"大概11点左右。当时接到杨总的通知，说守夜人员可以回家休息，我就让他们也回去了。"

　　"守夜人员的名单，麻烦你提供一下。"

　　"好的，昨晚守夜的人员是姚念祖、何向攀。"贾德霖在书记员的笔记本上输入了两个名字，然后老老实实地坐回自己的椅子上。

　　"你们是在什么时候发现岱湖中的蓝藻的？"

　　"今天早上6点钟，我刚到3号站点就闻到一股腥臭味，接着便看到距离站点六七十米处的蓝藻了。"

　　"你有没有走近观察？"

　　"没有。那么臭，躲都来不及，谁会去看？"

　　"既然那么臭，为什么你没有第一时间汇报给领导呢？"束丽丽用鹰隼般的目光看着贾德霖。

"我跟环卫工人说了，不过他们说，这事不归他们管。后来我就去忙其他事情了。"贾德霖没有底气地解释道。

"直到8点45分，杨礼权来到你们站点，你才把情况汇报给他吧？"

"嗯，是的。我没想到蓝藻下面藏着尸体，不然我早就报警了……"贾德霖的神情颇为懊悔。

"今天上午，从你到达3号站点开始，有没有发现什么异常？"

"异常？应该没有吧，这是我第一次负责站点工作，忙得应接不暇。"贾德霖偷偷瞥了束丽丽一眼，一副想说又不敢说的样子。

"如果你发现了什么就请直说，不要有顾虑。"束丽丽看出了他的犹豫。

"我想到一个细节，就是杨总在3号站点视察工作的时候，叮嘱我不要让大家靠近湖面，尤其是蓝藻的那片区域。不过，这也没什么，估计是他怕毅行者靠近湖边会有危险。"

"你都替他解释得这么合理了，为什么还要提出这个细节？"

"哦，可能是我想多了。"贾德霖没想到束丽丽会把话说得这么直接且犀利，有点后悔不该多嘴。

"不，我不是这个意思，我是说你还有没有其他的发现，可以佐证或者是补充你所说的这个细节？"

"没有了。"贾德霖回答得很干脆。

"你看看这两首诗,有没有让你想到什么?"束丽丽拿出手机,找到那两首诗递给贾德霖,然后一直观察着他的反应。

贾德霖盯着手机,表情有些惊恐,看了一会儿后缓缓说道:"虽然有几个字我不认识,但我感觉这两首诗挺恐怖的。应该是一起连环谋杀案吧?"

"重点看看'四眼汪,助桀虐,澴藩抉目有人瞅',你怎么理解这句话?"

"呃,'四眼汪',会不会是指这人戴着近视眼镜,而且姓'汪'?后面的,我就有点儿看不懂了。"

"好,谢谢你的配合。"

第五章
诗词研究

结束对贾德霖的问话后,束丽丽把询问的工作交给其他同事,让他们重点对3号站点的两名守夜人员、死者孙筱音的同事和家属,以及搏虎科技的老板等人进行调查。她自己则去找林闯。

林闯从杨礼权那里得知了打油诗后,判断应该还会有其他人遇害,于是赶忙离开了询问室。他把精力重点用在了下一个可能的被害人身上,虽然这还仅仅是一种猜测。

通过对两首诗词的研究,林闯发现这首四行三段式的打油诗,更像是一张死亡通知单。它的每一行都包括了三个重要信息,即颇具嘲讽性的被害人身份信息、可能犯下的过错或罪行,以及遭受处罚的方式。比如第一行的"落水狗,债难酬,岱湖北岸展尸首","落水狗"是对孙筱音的戏谑,"债难酬"是指孙筱音可能出现了财务问题,最后一句的"岱湖北岸展尸首",显然描述的是死亡地点和处决方式。

另外,在死者孙筱音附近发现的另一首诗,就有点类似于"判词"了,像是在对死者做一个判决总结:

　　曝尸落水狗
　子系落水狗,曝尸岱湖北。
　贪婪债难酬,引狼反掣肘。

除了打油诗中透露的信息外,孙筱音判词的最后一句"引狼反掣肘",还具有双重含义。一方面,它和前面那句"贪婪债难酬"构成因果关系，因为孙筱音出现了债务方面的问题，她便想着去解决问题，没料到适得其反，引狼入室，最后反被牵制；另一方面的含义是，引的这个"狼"，极有可能涉及其他的受害者。没准儿这个"狼"，就是打油诗最后一行出现的"白眼狼"。

林闯立即安排经侦的同志，对孙筱音的经济状况进行调查。同时，参照打油诗和孙筱音的判词，他又对第二行的"四眼汪，助桀虐，溷藩抉目有人瞅"进行了细致分析。林闯相信，这里面一定藏着第二个可能的被害人的重要信息。

经过一番研究分析，他从第二行诗中推出了如下信息：

首先，这人应该是个近视眼，姓汪。

其次，他（她）犯下的"罪名"是助纣为虐。

最后，他（她）的处决方式是在厕所（溷藩）里面，被挖掉双眼（抉目）。

就在束丽丽赶往林闯所在1号站点的路上，遇到了前往同一目的地的法医朱天浩。他接到林局电话，说在1号站点的一个移动厕所里发现了第二具尸体——一具裸体男尸。

"还是晚了一步，"林闯对刚赶来的两人叹气道，"毅行路线太长，我安排了两队人对沿途所有的厕所进行逐一排查，重点锁定3号站点以后的路段。但是，没想到尸体在1号站点被发现了。"

"尸体是被谁发现的？"束丽丽看着这具男尸，深吸了一口气。

"被一群人发现的。"林闯边上的一个民警回答道,"10点以后天气越来越热,很多毅行者都不愿继续走下去了,便乘坐摆渡车辆回到起始站点,也就是这个1号站点。因为物品寄存处、通往市区的交通换乘都设置在1号站,所以,一时间这里处处挤满了人,5间移动厕所根本不够用……"

"不是6间吗?"朱天浩看着眼前的6间厕所问道。

"对,是6间。但是这间一直挂着'正在维修'的牌子,原先上厕所的人少,没有引起注意,后来厕所不够用了,大家就找毅行的工作人员问,工作人员也搞不清楚,又把移动厕所租赁公司的人找来。他们的人来了之后,把维修的牌子拿走,又把绑在门把手上的铁丝拧掉,门才被打开……"

"然后就发现了尸体?"朱天浩问。

"是,当时现场有几十人,一位年轻女士因为惊吓过度,直接晕倒在地,然后大家就纷纷拍照发布到社交媒体上,现在肯定上热搜了!"

"你刚才说厕所门把手上绑着铁丝?"法医关注的是尸体,刑警队长则对案件中的线索更为敏感。束丽丽猜想,这根铁丝,一定是凶手用来固定厕所的,目的是不让别人轻易推开。既然凶手接触过铁丝,可能会留下指纹。

对于这个问题,民警面露难色,不知如何作答。因为公安局的副局长林闯刚才也是带着这样满怀期待的眼神问了同样的问题,但是听到他的回答之后,眼中立马变得暗淡无光。

"看你这反应我就知道了，这么重要的物证……算了，也不能怪你们，谁也没想到厕所里会藏着一具尸体。很多人来上厕所，应该都会触碰到这根铁丝，不过我们还是要对铁丝上的指纹进行提取比对。"束丽丽知道，就算物证没被破坏，也不一定能在上面提取到凶手的指纹。因为凶手的作案手法异常谨慎，第一具尸体周围就没有搜查到任何有价值的证据。当然，常规的工作还是要做，所有的细节都不能放过。

"好了，现在赶紧查案吧！网上已经吵得沸沸扬扬了，刚才上级也打电话询问案情进展。你们不要有压力，舆情的事我已经对接网宣办的同志跟进了。我们要做的是，专心、有序地对案件进行调查，尽快抓获犯罪分子！"林闯看到民警已经把情况介绍得差不多了，便简短总结一下，继续推动侦查工作快速进行。

束丽丽和朱天浩连忙点头，立刻投入到现场的勘查工作中。

经过对尸体和现场的缜密检查，朱天浩有了初步推断："林局，死者应该为机械性损伤致死。我们在死者的颈部发现有被锐器切割的创口，这个应该就是致命伤。同时，未发现试切创（自杀者切割前的试刀损伤），双手及身上也未见抵抗伤或威逼伤。"

"看这样子，显然不是自杀。但是死者没有抵抗，也没遭到威逼吗？"林闯觉得有点不可思议，死者被挖掉双眼，竟然没有抵抗，也没有遭到威逼。

"是的。双目应该是在死者失去生命体征后，被人用锐器挖出的。"

"死亡时间呢？"

"和第一具尸体的时间相差不会超过半小时。"

林闯大概已经猜到了这个结果，但还是重复了一句："昨夜11点到今天凌晨1点半之间？"

"嗯，上午我们在解剖室又对第一具尸体做了进一步检验，得出的时间结论是这样的。"

"对了，你们还发现了什么？"

"经过对第一具尸体的解剖检查，未在胃内发现溺液，肺部也没有明显的水性肺气肿表现。同时，经过毒物化验，排除了死者死于中毒或服用安眠镇静类药物的可能……排除了这些死因，更加证实了我们上午的推断，死者确系死于汽车撞击、碾压，以及摔跌。除了这些，我们也发现了一些新的线索。死者的膝盖处有轻微损伤，应该是生前逃跑时不慎摔倒产生的。还有，经过检验，也确定了死者生前没有遭到性侵害。"

"对比这两具尸体，有没有发现一些相似之处？比如作案手法。"

"作案手法上，是看不出来有任何相似之处的，一个是被车撞死，一个是遭利刃割喉而死。不过，有一点应该是有关联的，第二具尸体的左侧颞部，也就是太阳穴的位置，有一道挫裂伤，而且头发上也有明显的汽车漆。"

"你推测，第二具尸体是被那辆黑色大众汽车撞到了太阳穴，然后晕倒或休克了，凶手趁机再用利刃切割了他的颈部？这就解释了为什么死者被挖了双眼都没有抵抗的问题。"

"是的，根据勘查结果，这样的推断是合理的。"

"如果是这样的话，两个案子就有了直接联系。凶手先用那辆黑色轿车撞死了孙筱音，然后用汽车撞晕了第二个被害人，接着对其进行残忍杀害。"

"准确来说，罪犯的行凶顺序，目前还不能完全确定。"朱天浩措辞严谨地道。

"嗯，从证据链的角度看，还不足以勾画出凶手作案的先后顺序。不过，结合尸体发现的时间顺序及打油诗的语句排序可以推测，凶手这样做，应该是在遵循某种规律。这个规律，可能是死者的遇害时间，也可能是其他方面。我们还需要掌握更多的信息和线索……这两具尸体，还有别的相关联的地方吗？"

朱天浩摇了摇头："虽然第二具尸体看上去像是遭到了很大的破坏，但尸体上的损伤，其实是比较少的。除了颞部的汽车漆之外，尚未发现其他与第一个案发现场有关的地方。"

"再对那辆汽车进行仔细检查，看看能否找到死者太阳穴的致伤处。"

"嗯，我也这么想。我马上安排同事对尸体和汽车做进一步检验。"朱天浩叹了口气，自顾自地道，"再这样下去，我看有必要在现场临时搭建解剖台了。这里和市区距离远，来回不便，影响效率……今天光源充足，岱湖周边又有不少僻静的地方，只要把解剖器械、便捷式解剖床拉来……"

"果然是连环谋杀案！"束丽丽快步走来，把一张照片递给林局，"这张照片也是用拍立得相机拍下的，跟在第一个案发现场发现的照片一样，拍摄的都是手机里的内容。凶手应该是先用手机输好了诗词，再拿相机拍下。"

"凶手确实很狡猾，每个站点都有微信打印机，使用起来会更方便，但他没有，应该是考虑到微信打印机会留下痕迹。而拍立得是机械相机，连存储卡都没有，是不会产生任何记录的。"朱天浩看了一眼环湖大道上人潮汹涌的程序员，"凶手一定对这些科技产品非常了解。"

"不只是对科技产品非常了解，可能还是一个传统文化爱好者。"林闯把照片递给朱天浩。

朱天浩接过照片，又是一首不怎么入韵的五言绝句，诗曰：

抉目四眼汪

四眼无珠汪，抉目涸藩上。

袖手助桀虐，难逃其咎殃。

"'四眼无珠'是不是有眼无珠的意思？'袖手助桀虐'是说袖手旁观、助纣为虐吗？凶手到底想向我们传达什么信息？他是在充当审判者的角色吗？"朱天浩看着判词，努力思索着。

"何来的审判？！任何公民未经法院审理，在法律上都是无罪的。况且，从我们目前掌握的资料来看，这两名被害人都没有涉及违法犯罪行为。就算是触犯法律，也应交由司法机关审处。这哪里是审判，明明就是谋杀！"束丽丽听到朱天浩把罪犯说成"审判者"，直接怼了过去，"凶手一定是一个穷凶极恶，甚至有些心理变态的人。正常人谁会又是写诗，又是杀人，还把人家的眼睛挖掉？"

"也可能凶手不止一个人，"对于束丽丽的直言直语，朱天浩没有放在心上，他早就习惯了一线同志的古怪脾气和说来就来的火气，"且不说打油诗预告的可能会有四个被害人，就只说目前发现的两具尸体，从谋杀到清理证据再到抛尸，还有编写诗词，应该不是一个人就能搞定的。"

"对，这是一个新思路。"束丽丽一直紧皱的眉头舒展了一些。通常来说，团伙作案因为牵涉人多，留下的线索和证据也就更多一些，侦破的难度相应地也会更低一点。

看到两位下属不再讨论了，林闯才开口问起被害人的信息："死者信息有没有查到？"

"查到了。死者名叫汪长波，安徽肥东人，今年26岁，搏虎科技公司员工，跟孙筱音是一个部门的同事，具体负责的是Android程序开发。根据他的同事所述，汪长波是个典型的程序员，常年带着一副深度近视眼镜，性格内向，不善交际。其父母和两个哥哥都在老家务农，只有汪长波一人在东吴市上班。据初步了解，昨晚死者在公司加班到10点，然后独自回到出租屋，之后就没再出现过了。"

"被害人有没有和其他人合租？"

"没有，汪长波租住的房子就在公司附近，一室一厅，自己独居。"束丽丽汇报道，"我已经安排同事对被害人的通话记录、公司及住所附近的监控进行调查。临时询问室的民警，同步会对1号站点的工作人员、相关目击者等进行问话。"

"好，一有线索立刻向我汇报。现在，我们还有一项重要的事情要做。"

"那首打油诗？"

"没错！我们要根据打油诗及已经掌握的两首'判词'，尽快找到剩下两名被害人的下落。虽然我们可能已经阻止不了了——我猜凶手应该在昨晚就对他们实施了杀害，然后采用这种写诗词的仪式抛尸在不同的地方，但我们还是要抱有信心和希望，争分夺秒地找到被害人！"

第六章
913的秘密

林闯、束丽丽和朱天浩对打油诗的第三行"丧家犬，善恶报，椓阴不够狗叼走"研究了半天，依然没找到具有实际价值的线索。因为第三行的信息量，没有第一行和第二行那么全面。第一行和第二行指出了尸体的大致位置，但是第三行，除了"椓阴"（宫刑）和"狗叼走"这种处决方式外，并没有透露被害人的地理方位。

"真是一次比一次变态！这次居然……"束丽丽愤怒地道。

"我做了二十多年法医，都没见过这样暴虐、残忍的案子！"对于接下来可能要面对的第三具尸体，朱天浩感到一阵恶心。

"案件的性质确实恶劣，我们面临的考验和压力也是巨大的。不只是打油诗的第三行没有直接的线索，第四行，即最后一行的'白眼狼，沉酣醒，冤孽偿清好撒手'，同样看不出任何地点信息。"林闯已经把最后的两行诗句来来回回看了好几遍，"既然打油诗中已经找不出线索了，我们不妨换个思路。"

"换个思路？对，不能陷入死胡同。但是，换个什么思路呢？"朱天浩犯起了嘀咕，作为一名资深法医，能够想到的思路，也只有尸体了，"第一具尸体是在3号站点发现的，第二具尸体是在1号站点发现的……这里面不知道有没有什么规律？"

顺着这个思路，束丽丽也开始思考，把能够想到的数字全部搜集整理到一起："3号站点和1号站，1024程序员日……对了，还有913秒的评论间隔！"

"913……3号和1号……如果把顺序倒过来，那么第三具尸体，会不会在9号站点？"朱天浩像是找到了答案，但很快又自我否定道，"应该不会这么简单，我只是随口说说……我还是先回局里对尸体进行详细检查，看看能不能找到更科学的线索。"

"不，不能完全排除这种可能。"束丽丽低头看着手机屏幕，边看边说，"我刚在网上搜索了1024，发现每年的10月24日，都是程序员的节日。这也是搏虎科技公司会在今天搞程序员毅行大会的原因。但是，程序员节日不只是10月24日，还有另外一个说法，也得到了国际上不少IT企业的认可，那就是9月13日。因为这一天是每年的第256天，256这个数字，对程序员来说有着特别的意义，1个字节最多能表示256个数值，而且在整年中，256是2的最大幂中小于365的值……当然9月13日，指的是平年；如果是闰年，那年的第256天，则是9月12日。"

"今年是平年！所以，今年的程序员节日是9月13日！"朱天浩惊呼道。

"9月13日，913秒……第一具尸体在3号站，第二具尸体在1号站……现在赶紧出发去9号站点！"

得出结论后，林闯立刻做出了行动安排："我们当前的位置处于1号站点，距离9号站有20公里，沿途又都是毅行者，到达目的地至少需要40分钟……这样，小丽，你现在就联系9号站点附近的民警，让他们立即对现场展开全力搜查，同时，要注意疏散周边群众……老朱，你跟我们一同前往，已发现尸体的鉴定工作交给其他同事负责，有新发现要求第一时间汇报。"

环湖大道的实际路况，比预想的还要糟糕。人们已经知道毅行现场死了两个人，并且按照那首令人毛骨悚然的打油诗推断，还会有两个人遇害。谁也不知道下一个遇害的人是谁，更不知道凶手此刻躲在哪里，没准就在你我之间……

民众受到了惊吓，渐渐开始慌乱起来，多处路段出现了大规模人流拥挤的情况。就算是警车鸣笛，也用了将近一个小时才到达9号站点。

9号站点，设置在岱湖湿地森林公园边上。这个国家4A级森林公园，是经过人工退耕还林而建立的，其中森林面积近600公顷，水域面积300公顷，园内植物品类达500多种。每年的10月，这里都会聚集大量的游客观赏红枫。

林闯等人刚下车，就被一个民警带到了案发现场。

"尸体是在这个景观石附近发现的。因为景观石被栏杆围着，四周又长满了一米多高的海桐，所以，平时一般不会有人靠近。今天上午11点钟，一位中年女士的宠物狗意外闯进了栏杆内，叼着一个血淋淋的东西出来……"民警停顿了一下，吐出一口气，想到一个稍微委婉的词汇，"这东西应该是离断肢体。接着我们就在景观石边上发现了被害人的尸体，是一具无名男尸。现场我们已经封锁，人群也都疏散了。"

林闯一行都没有说话。一阵短暂的沉默后，大家很快投入到各自的工作中。

这块两米高的景观石，是四年前第一次举办程序员毅行大会时雕刻的，上面写着"程序员精神"五个大字，下面还有几十个密密麻麻的汉字辅以诠释，最后的落款是毅行组委会。由于长期暴露在户外，这块硕大的石头已经有点泛碱，石材表面光泽暗淡。

时间已近中午，烈日直射湖面，湖水对紫外线产生折射，使得岱湖周边比其他地方更晒。看着同事们顶着大太阳紧张而忙碌的样子，林闯心里有点不是滋味。从今天早上开始，已经发现了三具尸体，可截至目前，他们对凶手的年龄、性别、体貌特征等一概不知，甚至连被害人的尸体都不是警方第一时间发现的。

林闯向身边的同事要了一根烟，他已经戒烟好几年了。干了一辈子的刑警，虽说这些年很少负责一线的工作，但是东吴市大小的刑事案件，应该没有人比他更清楚了。唯独这一次的案子，性质最为恶劣，影响最为严重。

"林局，您知道死者是谁吗？"束丽丽来到林闯边上，叹气道，"我越来越糊涂了，怎么也不会想到死者竟然是陶纪宽！他怎么会扯进这个案子中……"

"你是说前段时间被我们端掉的黑社会团伙成员？好像有一个还没收网的，叫陶纪宽。"林闯也感到非常诧异。

"对，我盯这家伙好久了，黄赌毒没有不碰的。此人生性多疑，好几次都被他溜掉了，没想到会死在这里。"说着，束丽丽递给林闯一张照片，"喏，这是他的判决书。"

林闯对这种拍立得拍下的照片已经非常熟悉了，毕竟这已经是第三张了。相片上依旧是一首五言绝句，诗曰：

柞阴丧家犬

　　逃窜丧家犬，柞阴恶狗叼。

　　种因必食果，善恶终有报。

"从诗文来看，凶手对陶纪宽应该有一定的了解，不然不会用到'逃窜'这个词。"束丽丽道。

"对，极有可能是曾经遭受陶纪宽欺凌的人，对他进行了报复。"

"这条线索的范围太大了，这孙子坏事没少干，仇人不少。不过可以结合另外两名死者调查，他们的社会关系中应该会有交集。我现在就去问问关于孙筱音和汪长波的调查进度。"

"人手不够，可以从辖区派出所抽调有经验的民警协助办案。"

"明白，林局。"

"林局，束队，这具尸体的情况跟前面两个不太一样，"这时朱天浩走过来汇报道，"死者皮肤上检测出稀释过的漂白剂，这种漂白剂应该是用来破坏脱氧核糖核酸的，也就是DNA。凶手非常小心，应该具备一定的经验。国外有专门售卖清理DNA的药剂，但是购买的话会产生记录。氧系漂白剂就比较常见了，不仅可以破坏DNA，还不会出现鲁米诺反应。"

"不用鉴定DNA了，死者的身份已经确认。"

"哦，这么快？"朱天浩愣了一下，继续道，"凶手这样做，不仅是为了破坏死者的DNA，还是为了不让自己留下证据。死者身上有多处搏斗或挣扎造成的伤痕，但没检测出嫌疑人的血液、毛发、皮屑等痕迹。死者的指甲也经过刷洗，没有留下任何证据。"

"看来我们是遇上对手了！对了，致命伤是什么？"束丽丽问道。

"比较明显的损伤有三处，一是死者的生殖器距根部两厘米处被利刃割断；二是死者颈部发现一块烫伤痕迹，似为电击棍所致；三是死者腹部多处中刀，从创口来看，和第二具死者的相似。根据初步检验结果，可以推测出死者生前和凶手发生过打斗，打斗中死者被电击棍的高压脉冲击中，致使短时间内丧失行动能力，被凶手趁机用利刃捅伤其腹部，最终因失血过多而亡。凶手又在他死后残忍地割掉了他的生殖器。"

"嗯……还有其他发现吗？有没有和另外两个案发现场关联的发现，包括那辆套牌汽车？"林闯问道。

"没有。这具尸体做过细致的清理，除了腹部创口的致伤工具有可能和第二具死者的相同外，暂时没有其他发现了。哦，差点忘了，被害人的死亡时间跟前两个相似，都是昨夜11点到今晨1点半之间。"

"所以，三名死者有可能被相同的凶手杀害！我们忙活了大半天，竟一直被凶手牵着鼻子走。"束丽丽有点气恼地说。

"是啊，这不像是普通的凶杀案，更像是经过周密设计的谋杀案。"

"你们也不用太着急,案发到现在只过去了半天时间,更多的监控录像调取、走访排查等工作,都需要时间去完成。虽然现在看上去是被凶手一步步牵引着,感觉很被动,但这些工作都是必须要做的,而且还要继续做下去……接下来,我们除了要继续搜查第四个被害人的下落,还要加快落实对前面三名死者的调查工作。我相信,死者的社会关系,包括财务状况,将是案件的重要突破口。查案就是这样,总会一步步地接近真相。如果一切都铁证如山了,我们还算什么刑警?!"

林闯的这番话,不仅鼓舞了士气,还明确了后面工作的方向。的确,从上午接到报案,到目前为止已经连续发现了三具尸体,犯案手法极端,社会影响恶劣,现在媒体已经吵得沸沸扬扬,引起了上级领导的高度重视。但同时,凶手又极其狡猾小心,三个现场,三具尸体,一辆汽车,一首打油诗和三首判词,悉数摆在面前,可目前并没找到凶手的任何纰漏。

"1024连环谋杀案"的专案组成员,无不顶着巨大的压力,即便是专业且经验丰富的束丽丽、朱天浩,也都显得有些焦躁。林闯心里十分清楚,越是在这个时候,越不能自乱阵脚,侦查的方向既然是正确的,不管遇到多大的困难,都要坚持下去。一方面,要加紧对死者社会关系、沿途监控录像等的调查;另一方面,要继续搜查第四个被害人的下落。

第七章
启动应急预案

正在警方调查陷入僵局的时候，杨礼权走了过来，他的身后还有一群组委会的人。

岱湖湿地公园和市区距离远，吃饭不方便，就算是叫外卖，商家都不一定会接单。杨礼权猜到出了这么大的刑事案，警方的压力一定不小，午饭应该是没吃的。于是，他就带着工作餐、面包、饮用水过来了。

林闯一开始是拒绝的。杨礼权说："这些物资本来是给毅行者准备的，谁知出了这样的意外事件……食品都是有保质期的，你们就算帮个忙，不吃就浪费了。"

其实，专案组的人早就精疲力竭、饥肠辘辘了。林闯让大家稍事休息，补充能量。破案的压力再大，肚子也要填饱。

说到压力，作为毅行大会的总指挥，杨礼权这一个上午也是四处奔波，忙得焦头烂额。

因为接连发生的三起抛尸案，整个毅行现场早就陷入一片混乱中。事实上，在第一具尸体被发现的时候，警方就启动了紧急预案。环湖大道全线戒严，沿线公交停运了一段时间，地铁也有几站经过不停。甚至为了防止出现手机遥控引爆炸弹的可能，岱湖区域的手机信号还被屏蔽了半个多小时。

组委会的近千名工作人员配合警方有序地疏散毅行者，并对人员的身份进行核实，重点登记那些非正式报名的人员。这一工作，又加重了人群的滞留程度，几个出入口都出现了大规模的人流拥挤，甚至发生了踩踏事件。

十多辆救护车快速抵达岱湖，开展现场救治和伤员转运。

后来不得不开辟多条应急通道，并调集警用、公交及社会车辆，配合将毅行者运送出去。经过一上午的手忙脚乱，现场的秩序才基本恢复了正常。

当然也不完全是慌乱、无序状态。毕竟搏虎科技是一家互联网公司，利用自身条件，在意外事件发生后不久就通过短信、即时通信工具等方式，批量发送安抚信息，告诉大家不要担心，积极配合警方的工作，确认彼此的安全，相互照顾，为有需要的人提供力所能及的帮助。

紧接着，搏虎科技还临时开发了一个专题页面，上面有三大版块：一是紧急情况的自救小技巧，邀请了知名公共关系教授、心理学专家在线解答；二是大家可以在网页上提交安全信息，让家人、朋友放心；三是呼吁市民提供嫌疑人的各种线索，包括照片、视频等都可以匿名上传，协助警方办案。

另外，组委会原计划通过直播的方式，公开、透明地向网友报道现场情况，但是鉴于警方的工作保密要求，经过几番讨论，最后还是终止了一切直播活动。

这场突如其来的公共事件，让毅行组委会损失惨重，不仅面临着对广告商的巨额赔偿，还要应对各级监管部门的问责。恐怕"1024环岱湖全国程序员毅行大会"将在这一届画上一个不完美的句号。出了这样的意外，就不要再想继续办下去了。

今天下午和明天一整天的几场活动，如"程序员巅峰论坛大会""互联网之光博览会""全球领先科技成果大赛"等，都不得不取消。

中国的互联网产业高速发展了近30年，活动主办方觉得已经到了可以总结、回顾的时候了。这一届程序员大会的主题就是"科技反思，共创未来"。为此组委会还特地邀请了几位"互联网评论家"，他们有的是"唱衰科技"的权威专家，有的是"互联网罪恶论"的知名作家，还有身价百亿的互联网既得利益者。将这些立场不同、观点相左的人聚集在一块儿，一定非常有噱头。

然而，所有的一切，都已成为泡影。好不容易邀请到的贵宾听说出了凶杀案，巴不得赶紧撇清关系，有的连电话都拒接了。

没人能预料到毅行现场会发生命案，所以，尽管损失惨重，但当杨礼权看到组委会全体上下都在积极应对，让一万名毅行者安全撤离时，心里起码得到了一丝安慰。

可是，这个世上总会有一些人，只在乎自身利益得失，看不到别人的辛苦付出。不管活动主办方如何设身处地地为他们的安全考虑，这些人依旧是风言风语，一种看热闹不嫌事大的心态。

"我要起诉他们，让他们赔偿我的精神损失费。搞什么啊，想要吓死谁吗？！一连死了三个人，死法一个比一个离奇，真是倒了八辈子血霉。我活了二十多年，一个死人都没见过，今天倒好，一下见了仨！"一个PHP码农说。

"我看就是活该！搏虎科技没少作恶，这是报应！什么'破冰文化''内部赛马''灰度管理''末位淘汰''福报996',都是他们发明的,整个互联网职场环境被搞得乌烟瘴气。早年就是通过恶性竞争、抄袭同行起家的,那时版权意识不强,监管不到位,给了他们可乘之机。发家以后,不思进取,成天琢磨怎么利用人们的低级趣味挣钱,不攀科技高峰,反而赚快钱绝对第一名。表面是中国企业,其实背后都是海外资本,还把服务器放在了外国,一点数据安全意识都没有!这次死的三个人,有两个是搏虎科技的员工,真是天道好轮回,苍天饶过谁!"JAVA码农说。

"你说的这些,大家都差不多,谁裤裆里没点儿屎?有一个算一个,没一个是干净的!别扯这些没根没据的因果报应,简直就是封建迷信嘛!要我说,这八成就是境外反动分子干的!这次毅行大会现场,就有好多老外程序员……"产品经理神秘兮兮地说。

"得了吧您,我看你长得才像反动分子!再胡说八道,小心抽你丫的!"几个老外程序员用一口标准的普通话回应。

还有一些人简直替警方操碎了心,脑洞大开地推测案情的进展,猜测凶手是谁,恨不得手把手教警察做事。

"不是我看不起警方,如果长期追剧或者经常看《今日说法》《法治在线》,你会发现,警方办案不外乎三板斧:调取大量监控录像、大批警力走访排查、依靠二次犯罪守株待兔!和国外比,中国警方的唯一优势就是处理民事纠纷。"一个中年程序员对警方一个上午的被动局面表示了不满。

"你这也太损了!我发现中国的程序员普遍有一种崇洋媚外的

心态，好像外国的月亮都比我们圆一点儿。其实，现在的警方破案，法医学、物证学、痕迹学的运用越来越得到广泛重视，而且这将成为一个趋势，毕竟科学除了严谨之外，还可以大大解放人力。但是，不能因为有了智能化的解剖室，或者科学精密的鉴定设备，就可以坐在办公室里破案了。破案，不仅要合理，还要合情，实地勘查和走访是必不可少的工作。整个毅行路线全长30.72公里，共计13个站点，现场有一万多人，能够在几个小时内找到三具尸体，效率已经很高了。"显然，说出这话的，不是毅行工作者就是东吴市刑警队的人。

"争辩是没有意义的，早点破案才是最重要的。我觉得警方的侦查方向是有问题的，一直被那首打油诗牵着鼻子走，太被动了。与其把大量的警力用在搜救被害人上，还不如改用在寻找凶手上呢。从凶手的作案手法来看，这不可能是激情犯罪，一定是经过周密计划的，凶手心理素质非同一般。我大胆猜测，凶手在犯案后还会回到案发现场。只要对毅行现场的人员逐个排查，一定可以找到真凶！"中年程序员的朋友，像是在帮腔助势。

"有一定的道理，但是你可能不知道，你说的这些警方都已经在做了。凶手是要找的，被害人同样要找，万一人还活着呢？确实，凶手有可能还在现场，所以我们协助警方对现场的上万名人员做了登记和核实。这可不是一项轻松的工作，核实完了之后，还要把大家安全送出毅行现场。大家的积极配合，就是对我们工作最大的支持，千万不要散播负面信息，或者有意无意地制造恐慌……

哦，对了，这辆车已经坐满了，你俩坐下辆车吧。希望你们可以利用这段时间，帮助警方找到凶手！"一名毅行工作者半开玩笑地道。

"别呀，小姐姐，我们也是在为警方出谋划策……大家挤挤，挤一挤还是可以坐下的，你看我们俩都很瘦。"中年程序员连忙赔笑道。

就这样，经过几个小时的恐惧与忙碌、理解与不理解，上万名毅行者被安全撤离，现场秩序也已经恢复了正常。

杨礼权现在过来，不只是为了给专案组送饭，还是为了商讨一下接下来的工作安排。现在现场还有近千名工作人员。这些人坚持到现在已经很不容易了。他们也有家人，出了命案，他们也会害怕。

"林局，现在毅行活动取消了，参赛者也全部撤离了，现场还有我们近千名工作人员。本来我想直接让他们结束今天的工作，回去好好休息，但是又怕影响警方破案，所以，想问问您这边是否还有需要我们配合的地方。"杨礼权客套地道。

"嗯……大家都辛苦了！警察是为人民服务的，你不要有太多的顾虑，按照你们正常的工作计划行事即可。相反，到现在还没能破案，倒让我感到十分自责。"

林闯看着疲惫不堪的组委会成员，这场意外给他们带来的损失应该不小，他们也是受害者，现在怎么能让大家留在岱湖陪着破案呢？可是他转念又一想，三名被害人中有两名是搏虎科技的员工,毅行现场又是他们的主场,还是少不了他们的协助,所以他不得不继续道:"这次的案情复杂,除了几个跟案件相关的人员需要留下来配合调查外,还希望你们能抽调一些人协助我们办案。当然了,大部分的工作人员都可以回去了。"

秉着"警民鱼水情"的原则,经过双方的协商,最终做出了四个决定:

第一,杨礼权提供组委会的详细名单、毅行报名者的名单,还有疏散人群时登记的非报名者名单。

第二,案件侦破之前,组委会的工作人员不可外出。有特殊情况必须外出的,需经专案组审查。

第三,三个案发现场的站点人员、相关目击者等,需要在毅行现场的临时询问室录完口供后才可回家。

第四,杨礼权以及13个站点的站长留在岱湖,协助警方。其他人员按照毅行组委会的安排决定去留,保持手机畅通,随时配合警方工作。

第八章
第一嫌疑人

警方随即对杨礼权提供的三份名单进行了排查。

近千名工作人员名单中，包括搏虎科技的员工、志愿者和相关部门的协同人员，均可联系上，并且随时能够配合调查。

一万多名毅行报名者名单中，通过数据库比对，发现三人有犯罪记录，不过都是一些偷盗、打架的行为。虽然中国没有类似《梅根法案》向市民公开犯罪者信息的法规，但警方内部当然掌握着全部有前科人员的动向。经过调查，这三人均有不在场证明。

疏散人群时登记的非报名者名单上共有379人，也都已经排除了犯罪嫌疑。

"我感觉第四个被害人，以及凶手，一定就在这三份名单当中，只是我们目前还不知道如何切入调查。"束丽丽看着名单，自信地道。

"破案不能靠感觉。如果没有其他辅助的线索，这些名单就是几张白纸。小马什么时候到？"林闯问道。

小马全名马旭，是刑警队的副队长，"1024连环谋杀案"专案组成员，统筹视频监控调取、电子数据提取、询问讯问等取证工作。经过一个上午紧张繁杂的工作，又从下属派出所抽调了十几名骨干民警协助侦办，到目前为止，取得了阶段性的成果。

"林局，我建议改成线上视频会议吧。案情比较复杂，通过在线沟通的形式效率可能更高一点。"因为疫情因素，警方的很多会议都采用了线上的方式。当然，与普通的视频会议软件不同，公安行业的在线视频解决方案，是基于严格保密协议独立开发的。

"可以，这样办案更加机动灵活，不用来回跑了。几点可以汇报？"

"十分钟后吧，我让马旭简单准备一下。"

十分钟后，案情分析会准时召开。会议由林闯组织，束丽丽、朱天浩、马旭等多名刑侦和技术人员参会。

首先是马旭汇报工作，他做了一个简洁实用的PPT。没有花里胡哨的动效，也没有虚头巴脑的套话，上来就是对案件已取得进展的阐述。

经过一个上午的调查分析，并对各方线索进行汇总，取得的成果如下所示：

第一部分是三名死者的财务状况。

第一名死者孙筱音，女，35岁，东吴市人，搏虎科技公司高管，具体负责的业务是虎爪直播。虎爪直播是内部创业项目，公司持股30%，孙筱音持股50%，剩下20%由多名项目成员共同持有。其中第二名死者汪长波持有5%的股份。

孙筱音是家中独女，父母都是事业单位职工，家境尚可。但其所占50%股份的应缴出资额为300万元，对孙家而言，不是一个小数目。经查，孙筱音的300万元出资额中，100万元为孙筱音及其父母的积蓄，另外200万元是将名下唯一的房产作了抵押。

经侦的同志还查出，在三个月前，孙筱音的账户上突然多了70万元，汇款方就是第三名死者陶纪宽的财务公司。而三个月前，正是第四届程序员毅行大会的筹备阶段。虎爪直播虽然运营多年，但一直处于亏损状态，这笔钱应该是投放在毅行直播上了。

第二名死者汪长波，男，26岁，安徽肥东人，跟孙筱音是一个部门的同事，准确来说是孙的下属。汪长波同样持有虎爪直播的股份，出资额为30万元。汪的父母都是农民，其工作时间又不长，这30万元应该也是他的全部积蓄了，没准儿还借了一些。

第三名死者陶纪宽，男，42岁，安徽肥东人，跟汪长波是老乡，有多次犯罪记录。一年前开了家财务公司，其实就是高利贷公司。

通过经济状况的调查可以推测出，三名死者之间存在财务往来。孙筱音因为缺钱，通过汪长波向其老乡陶纪宽借了70万元的高利贷。

第二部分是对三名死者的通话记录的调查。

孙筱音的最后一个电话，是杨礼权打来的。通话时间是午夜12点18分，通话时间2分43秒。关于这一点，杨礼权主动交代过，他们的通话内容是沟通直播的事情，因为担心现场直播的并发问题，所以打电话进行确认。

汪长波昨晚10点从公司下班后，并没有回到出租屋，而是直接去了东吴壹号商场。昨天晚上毅行组委会高管就在东吴壹号商场的渔家灯火聚餐，孙筱音也在场。汪长波在昨晚的10点25分给陶纪宽打过电话，在之后的10点39分和11点7分与孙筱音通过电话。经过询问，昨天的聚餐是在晚10点52分散场的。

陶纪宽的最后一次通话记录，是汪长波晚10点25分打来的。

通过对三名死者最后的通话记录进行分析，大致可以推断出，昨天晚上他们约好了在东吴壹号商场碰面。

第三部分对案发现场周边、岱湖沿湖路线、东吴壹号商场等多处监控录像进行了调取和排查。

首先，在东吴壹号商场的监控录像中看到了三名死者的身影。孙筱音和多名毅行组委会的高管于昨晚9点左右一同进入商场，随后乘电梯来到4层的渔家灯火饭店就餐。陶纪宽在晚10点左右驾驶一辆黑色大众汽车，到达商场的地下一层停车场。经过物证鉴定中心的同事比对，证实了该车辆与第一个案发现场发现的那辆套牌车一致。

晚10点27分，汪长波步行进入商场。监控显示，汪长波来到商场后没有任何犹豫，直接就去了地下停车场。

晚11点9分，孙筱音出现在了停车场。随后，车辆驶出了东吴壹号商场。

接着在开往岱湖主路的监控里发现了这辆车，时间是昨晚11点40分。并且在进入岱湖时，车辆走了小路，特意避开视频监控。

马旭缓了口气继续汇报道："然后，就是案发现场了。今天凌晨2点半，虽然大雨滂沱，监控画面不太清楚，但是经过仔细辨别，还是可以确认这辆车在2号站点出现过，4分钟后又来到了1号站点。到达1号站点后，车子停在移动厕所旁，一个身穿雨衣、头戴深色帽子的黑衣人从车上下来，将后排的尸体丢弃在厕所里。因为昨夜雨水太大，监控画面模糊，且嫌疑人背对着摄像头，弯着腰，利用汽车的高度作掩护慢慢把尸体搬到厕所里，所以，无法看清他的模样。只能大概推测出，此人身高1.65米至1.8米，年龄应该在25岁到45岁之间……"

"这个范围也太大了，性别都确定不了，能不能再缩小一下范围？"束丽丽道。

"应该比较困难。嫌疑人对现场十分熟悉，起码清楚地知道监控的位置在哪里，而且整个抛尸过程十分谨慎。"马旭解释道。

"2号站点以后的监控呢？尤其是第一个案发现场的3号站点，和第三个案发现场的9号站点。"林闯问道。

"2号站点之后有非常多的小路，这些道路监控还没有完全覆盖。岱湖湿地公园的监控录像我们也调取了，不过没有看到该车辆出入过。"马旭无奈地道，"大致可以推断，凶手是在岱湖南岸行凶，然后驾驶汽车从南往北，依次经过9号站点、3号站点和1号站点，实施抛尸行为，一路走的都是没有监控的羊肠小道，到了2号站点才不得已出现在监控中。我们在汽车轮胎内侧找到了狗尾巴草，这种草在岱湖附近的荒路上有很多。"

"好，你接着讲吧。"

"好的。"马旭把PPT翻到下一页，大家看到了一张线索关系图。

"通过汇总前面三大块的工作，我们梳理出一张'1024连环谋杀案'的线索关系图。在这张关系图中，孙筱音、汪长波这两名互联网从业者，因为经济问题与有着黑社会背景的陶纪宽走到了一起。案发当晚，三人在东吴壹号商场碰面，虽然不知道他们去做什么，但从陶纪宽开的套牌车来看，应该不是什么好事。而汪长波刻意对同事隐瞒行踪，骗同事说回家休息，其实是去了东吴壹号。同样，孙筱音也是等聚餐的同事都离去了，才独自前往地下停车场和陶、汪会面。

"目前尚不清楚他们三人去岱湖南岸的目的。岱湖南岸和北岸不同，大片即将拆迁的破旧村落基本没人居住，连个路灯都没有。他们到底是去做什么的？是协商欠款，还是另有所谋？如果是协商欠款，为何要大半夜跑到岱湖？如果另有所谋，为何三人悉数遇害？具体的原因，还需要深入调查。"

马旭稍微停顿一下，看看有没有人提问或补充，但见大家都陷入沉思，便继续汇报："我现在讲讲第四部分的工作，就是询问、走访等方面取得的进展。"

他们对三名死者的亲朋好友，三个案发现场即毅行3号站点、1号站点和9号站点的工作人员，还有13个站点的守夜人员，以及昨晚在渔家灯火聚餐的组委会成员等都做了详细的问话和实地走访，了解到以下情况：

第一，孙筱音虽然是本市人，但没有和家人一起居住，而是自己一个人住。直到警方通知了孙筱音的父母，他们才知道女儿去世的消息。对于女儿发生的意外，老两口非常悲痛，看样子应该是不知道孙筱音欠下高利贷的事情。

而从孙筱音同事反映的情况来看，这个孙筱音口碑一般，不太受同事待见。据说她同时和多名男性保持暧昧关系，汪长波就是其中之一。

第二，汪长波比一般的程序员还要内向寡言，在搏虎科技公司工作了三年，换了两个部门，都没有交到什么朋友。用他同事的话说，这个人是活在自己世界里的，工作中几乎不说话，下了班就回家，周末公司的活动从来没有参加过。不过汪长波的专业能力比较好，对分内的工作都会按时完成，该加班的也从来没有怨言。大家慢慢就习惯了这样一个人，程序员有点个性也不是什么稀奇的事情。

至于汪长波与另外两名死者的关系，经过对其租住小区的走访了解到，孙筱音和陶纪宽经常来小区找汪长波。这两人的辨识度都很高，一个时尚漂亮，一个看上去就不是什么好人，而且每次来都是在晚上。

对于这三人进一步的关系，比如是否存在纠纷，或者他们的谈话内容等，小区物业和居民就不清楚了。但是，大致可以推测出，孙筱音和汪长波是男女朋友关系，推测的理由是孙筱音偶尔会在这里过夜。而陶纪宽和汪长波的关系可能并不太好，陶纪宽是最近三个月才开始频繁出现在汪长波小区的。听邻居说，这人每次来，都会把出租屋搞得乱七八糟，烟头、酒瓶、外卖包装袋随处乱丢，对此，汪长波是敢怒不敢言。

第三，陶纪宽有黑社会背景，但是在黑恶势力的层级中级别不高。他所在的涉黑组织，是一个隐秘性极强的犯罪团伙。上个月开展的扫黑除恶专项斗争，已经成功打掉了该组织的核心成员。一些小鱼小虾，因为证据链还不充分，尚未收网，陶纪宽就是其中之一。

经侦的同志查到，陶纪宽名下有一个财务公司。表面上看，公司的主营业务是代理记账、商标注册等，背地里干的却是走账套现、非法借贷的勾当。

陶纪宽和汪长波是同村的邻居，但平时两人没有交集，直到三个月前他们的通话才开始频繁。应该是汪长波牵线，介绍孙筱音向陶纪宽的财务公司借款。

"看上去就是一个普通的借债关系，连三角债都称不上。可是他们为什么大半夜去岱湖？从东吴壹号地下停车场的监控画面来看，三人之间不存在胁迫与被胁迫的关系，汪长波和孙筱音都是主动去的地下车库。"束丽丽提出了自己的疑惑，"其他人的询问呢，是否找到了有价值的线索？"

"通过对26名守夜人员、9名在渔家灯火聚餐的组委会高管，还有案发现场3个站点工作人员等的询问，我们锁定了一个嫌疑人，就是杨礼权。"接着，马旭开始阐述证据。

首先，昨晚因为大雨，原本应该在岱湖通宵看守物资的13个站点的26名守夜人，都被临时撤出了现场。作出这一决定的，是毅行组委会的总负责人杨礼权。

其次，昨晚组委会的9名高管在渔家灯火吃饭，买单的是杨礼权。根据聚餐人员的反应，他们离场时，杨礼权和孙筱音还在饭店。

接着，孙筱音遇害前的最后一通电话，是杨礼权在凌晨12点多打来的，通话时间将近3分钟。

最后，三个案发现场都出现了杨礼权的身影。特别值得注意的是，根据3号站长贾德霖供述，杨礼权在视察工作的时候特意嘱咐大家，不要靠近湖面，尤其是后来发现孙筱音尸体的蓝藻区域。另外，搏虎科技的高管许以婕，也在1号站点的物品寄存处听到杨礼权说要去厕所洗脸，而汪长波的尸体就是在1号站点的移动厕所里找到的。

听了马旭的这段汇报，专案组的成员无不感到一丝意外。原因有两个：第一，大家都没想到疑犯就在眼前，这个人今天还跟专案组打了多次交道；第二，马旭的推测是有多个证据作为支撑的，而这些证据并不难发现，却一直都没有引起足够的重视。现在想想，怀疑杨礼权完全有根有据，合情合理。

"马上安排对杨礼权进行讯问，调查清楚他昨天晚上都去了哪里，近期跟谁有过联系，他的财务状况也要查一下。还有，从他口中，看看能不能突破第四名被害人的身份和下落。这条线索，继续由马旭负责跟进吧。"林闯说着看了一眼束丽丽。

"要加快落实，一有进展立刻汇报。"束丽丽领会到林局的眼神，接着领导的话向自己的下属补充了工作要求。

"收到，林局，束队。"马旭现场就对工作做了分解。

"物证和尸检方面，有新的进展吗？"林闯问现勘组。

"目前主要的物证有三个。一是在3号站点发现的套牌车，二是在三个案发现场都出现过的判词照片。遗憾的是，经过严格检测，均没有提取到犯罪嫌疑人的血迹、毛发等证据。第三个物证，是绑在1号站点厕所门把手上的铁丝，倒是提取了十几个指纹信息。然而，通过对这些指纹的进一步调查，也都一一排除了犯罪可能。

"不过，我们在套牌车的右后车门框，成功勘验出第二具尸体即汪长波颞部的致伤处，夯实了第二案发现场与第一案发现场之间的联系，也填补了凶手对汪长波实施犯罪的全过程。当时的场景应该是这样：汪长波站在套牌车外面的右后车门处，凶手从车内用力并快速地推开车门，门框撞到汪长波的太阳穴，使其晕倒或休克。然后凶手下车，用利刃切割汪的颈部，并挖掉双眼。"现勘组的主管说道。

"行凶的主要顺序，应该是这样。不过，同时要考虑到凶手可能不止一个人，撞击者、割喉者，以及抉目者，或许都不是一人所为。还有，汪长波撞击汽车门框的细节，也会有另外一种假设，即被人从车外推向汽车，然后颞部撞到了门框。"朱天浩补充道，"尸检方面有没有新的发现？"

"暂时没有。对三具尸体做了解剖、毒物化验等工作，没有发现新的线索。"法医鉴定中心的人回复。

一阵小声的议论之后，不知谁提了一句："车辆轨迹呢？"

"都查了。我们对车辆的行动轨迹做过详细调查，发现该车来自一家报废汽车处理厂。这是一家非法处理厂，私底下会向信得过的不法分子提供黑车租赁、销毁服务。老板交代，这辆黑车是陶纪宽两天前租用的，车牌和手续都是假的。因为有行规，老板没有问陶纪宽租车的原因和用途。

"我们查了天网系统。系统显示，陶纪宽租了该车以后，直接开到了自己的住处，后面就没再使用过这辆车，直至案发当晚，才又驾驶它去了东吴壹号。这个汽车处理厂，目前已经转给交管部门处理了。"

"如此说来，他租车就是为了去东吴壹号，还有岱湖。但是，为什么去，去干什么，就没人知道了……"

第九章
缜密的推理

这个线上视频会议，查清了三名死者之间存在着财务往来，并把杨礼权列为第一嫌疑人，可其他方面就没有突破了。

会上林闯明确了接下来的三个侦办方向：一是，对杨礼权展开全面调查；二是，继续搜查第四个被害人的下落；三是，深挖三名死者的社会关系，扩大排查范围，并根据凶手在1号站点抛尸的监控画面，尽快找到真凶。

会议结束后，林闯在毅行现场又组织了一个小范围的讨论会。

"你怎么看杨礼权？"林闯问束丽丽，今天上午她已经对杨礼权做过一次询问。

"从目前掌握的线索来看，杨礼权的嫌疑确实最大，而且根据1号站点监控拍摄到的凶手画面，杨礼权的身高、年龄都在合理范围内。不过，我认为他作为凶手，尚不具备牢固的犯罪动机，通过和他的接触也没发现他拥有与犯罪行为相符合的心理特征。凶手连杀三人，手段极端，死亡方式离奇，又追求仪式感，疑似发泄或报复。同时，整个作案过程没有留下任何证据，不像初犯所为。凶手应该有过前科，或具有相关经验。"

"跟我想的一样。仔细思考，指向杨礼权的几条证据其实都不牢靠。首先，他作为毅行组委会的总负责人，因为大雨，临时撤回在岱湖守夜的工作人员是他的权利，也是他的工作职责所在。

"其次，组委会的高管聚餐，他作为组织人，买单是理所应当的。付款耽误了时间，导致他和故意避开人群的孙筱音最后离开饭店，也是正常现象。还有，杨礼权打给孙筱音的最后一通电话，在上午的询问中他也主动交代了，没有刻意隐瞒。

"至于他出现在三个案发现场，那应该是他督察工作的需要，事实上，杨礼权应该每个站点都会去。在1号站点上厕所，在3号站点让大家远离蓝藻污染区，虽然这两个地方都发现了尸体，但也都能解释得通。"

"林局，您的意思是，杨礼权没有问题？那我们的调查方向需不需要调整？"

"不，苍蝇不叮无缝蛋。杨礼权有没有问题，现在下结论为时尚早。该调查的还是要继续进行，不仅要查他，还要查那些把嫌疑指向他的人。"

"明白。毅行大会是个名利双收的工作，但现场活动的执行又十分辛苦。杨礼权作为总指挥，处在风口浪尖，有人嫉妒怨恨、故意诬陷也是有可能的。但是这些人当中，或许会有真凶趁机转移注意力，设局嫁祸杨礼权。"

"没错。对这些人的调查，要低调展开。你让马旭安排几个相对沉稳的同事负责落实。"

"是，林局。"

林闯又把目光转向法医朱天浩："老朱，根据目前掌握的情况谈谈你的想法。"

"三名死者同时乘坐一辆汽车到达岱湖，并且是在同一时间段遇害，经过检验，不难找出三个被害人的致命伤，也能够判断出凶手的作案手法和作案工具，而且在孙筱音和汪长波的尸体上找到了相同汽车的痕迹,而汪长波和陶纪宽的创口又极其相似,说明凶手是同一个人,或同样几个人。"朱天浩整理着思绪说道。

"三名死者的遇害顺序可以推断出来吗?"

"严格来说,还不能。不过,我可以提供一个思路,就是三具尸体上的伤痕。孙筱音身上的伤痕,除了被那辆车造成的撞击、辗轧和摔跌伤外,没有发现抵抗、挣扎等痕迹;汪长波的身上,也没有发现任何可以证明死者遭受威逼或与凶手打斗的伤痕。只有陶纪宽,他的尸体跟另外两具不同,是经过特殊处理的。皮肤用漂白剂清理过,指甲也被人为洗刷过,尸体上还有痕迹清晰的搏斗伤。"

"所以,孙筱音被害的前提条件是,凶手必须要驾驶那辆套牌车。同时,汽车也是谋害汪长波的必要工具。那么,这两个被害人,应该是在同一地点接连遭到谋杀的。"林闯说。

"是的。虽然不清楚三名死者被杀的准确顺序,不过可以推测出,孙筱音和汪长波的遇害时间应该比较接近,遇害地点也可能是同一处。"

"而陶纪宽的尸体,跟另外两具不同,他的遇害时间和地点,可能有别于孙和汪……会不会是陶纪宽杀了他们俩,然后自己又被别人杀害?"束丽丽推测道,"孙和汪的致伤工具,都是汽车。能够开车撞死孙筱音,并用车门撞晕汪长波,陶纪宽完全符合这个条件。但是孙和汪好像没有遭到胁迫,还故意避开人群,主动上了陶纪宽的车。"

"不排除这种可能。当然还有另外一种假设,那就是车里或许还有其他人。这个其他人,可能是第四个被害人,也可能是凶手。还可能车里不止一个人,既有第四个被害人,又有凶手。"林闯的这个假设大胆却也合乎逻辑。

"明白了,林局。"束丽丽立刻拿出手机,安排人员对套牌车再做一次全面调查,要求从两天前陶纪宽租赁汽车就开始排查,重点查看有哪些人上过这辆车。

"接下来,我们研究一下打油诗的最后一行吧。"林闯提议道,"最后一句话是'白眼狼,沉酣醒,冤孽偿清好撒手',说说你们的看法吧。"

"根据汪长波的判词,有一句是'四眼汪',直接把被害人的姓氏写出来了。那么,第四个被害人是否姓'白'?"

"我觉得应该不会。凶手的诗词虽然写得不怎么样,故意使用大量生僻词,有堆砌辞藻之嫌,但是,他应该不会同一个套路连续使用两次。他对四个被害人的戏谑称呼,是有一定考究的,分别是'落水狗''四眼汪''丧家犬'和'白眼狼',合称'四狗赴黄泉',没有一个是重复的。作案手法也是一个比一个离奇,好像在追求某种变态的行为艺术。我想,这样一个凶手,应该不会故技重施。第四个被害人不可能姓'白',我们甚至可以用排除法,在目标人群中首先剔除白姓的部分。"

"不,也可能恰恰相反。凶手没准儿已经想到了我们会有这样的判断，所以故意透露这个信息，误导我们不要去调查。要知道，凶手的目的不是为了写诗，也不是为了行为艺术，而是为了掩饰真相，逃脱法律的惩罚。"

"白姓，还是要查一下的。"听完大家的讨论，林闯作出了决定，"查一下用不了多长时间，但不查，很有可能就错过了这条线索。"

"明白。"

"除了白姓外，这句话应该还暗指凶手和第四个被害人有旧仇。'白眼狼，沉酣醒'，可能是说凶手遭到过第四个被害人的背叛，并且已经意识到了这种背叛。'冤孽偿清好撒手'，作为第四行的最后一句，同时也是整首打油诗的最后一句，可能既是对第四个被害人说的，也可能是对所有被害人说的。凶手应该曾经被这四个人伤害过，所以，现在采取了如此极端的方式进行报复。"

"也就是说，这是熟人作案。凶手和这四名被害人之间都有往来，不仅认识孙筱音、汪长波这样的职场白领，还和陶纪宽这种黑社会成员有瓜葛。"

"但是，第四个被害人是谁，在哪里？凶手是谁，又在哪里？打油诗中好像找不到任何线索。"

"再把前面三个被害人的判词拿出来分析一下，大家都可以说说自己的看法。"

专案组的几个骨干成员对着三首判词，又进行了一番讨论。

"孙筱音，口碑较差，私生活混乱，同时和多名男性保持暧昧关系。不过凶手的杀人动机，不是因为她的人品，而是判词中的'贪婪'。汪长波，典型的程序员形象，平时和同事之间应该没有怨恨，被杀的原因是判词中的'袖手助桀虐'。陶纪宽，作恶多端，从判词来看，他被害的原因是'种因必食果，善恶终有报'……这里面，好像也看不出第四个被害人，以及凶手的信息。"

"但是，三名死者之间，被一条共同的'绳子'绑在了一起，就是财务关系。财务问题的源头是孙筱音，是她借了高利贷，判词中'贪婪债难酬'也提到了这一点。另外，我们更应该注意的其实是这两句话——'引狼反掣肘'和'袖手助桀虐'。孙筱音引的狼，是谁？汪长波袖手旁观的，又是什么事情？"

"难道引的狼是陶纪宽？袖手旁观说的是汪长波没有在孙、陶之间发挥积极作用？所以，是陶纪宽杀了他们俩？"

"不，我反对。如果凶手是陶纪宽，那他自己怎么也死了？我觉得大家的视角有问题，你们只从判词的角度去思考问题，判词是凶手写的，故意设套让我们钻……"

"还是全力搜查吧。"林闯中断了大家的讨论，既然分析不出有价值的东西，还是付诸行动吧，"安排直升机、警犬，增派人手对毅行现场进行全面排查。不放过任何一个可疑地点，尤其是岱湖边、厕所里、桥梁下，还有草丛、车辆、废旧船只等。"

"林局，我有一个提议。我认为可以将搜查范围扩大到岱湖南岸。"朱天浩建议道。

"岱湖南岸？你是说第一案发现场？"听朱天浩一说，林闯立刻意识到了这个地点的重要性。

"是的,从毅行现场的监控录像来看,凶手在今天凌晨2点半驾驶那辆套牌车,由2号站点的方向来到1号站点进行抛尸。可以推断出,1号站点并不是汪长波被杀的第一案发现场。同样,根据3号站点和9号站点的现场勘查情况也能够确定,这两个地点并非孙筱音和陶纪宽遇害的第一案发现场。套牌车的行驶方向是由南到北,那么第一案发现场,大概率会在岱湖南岸。"朱浩天回答道。

"没错,安排现勘组和法医鉴定中心的同志,马上对岱湖南岸进行勘察!"

"收到!"

第十章
利益动机

杨礼权到9号站点给"1024连环谋杀案"的专案组成员送了面包和饮用水,然后积极配合警方工作,提供了组委会、毅行报名者等名单,还安排了工作人员留守岱湖,随时协助专案组破案。可是他没想到,刚把面包和名单交给警方,自己就被晾在了一边。等他们开完了两个会议后,他发现所有人看他的眼神都变了。还没等杨礼权弄明白发生了什么,就被两名刑警开着警车带到了刑侦大队。

在询问室里,马旭仔细看了一遍上午对杨礼权的问话内容,开口道:"杨总,请你过来是想了解一些情况。"

"你们不是已经问过了吗?"杨礼权多少有些不爽。上午他为警方在毅行现场提供了临时询问室,没料到自己成了第一个被询问的人,刚才又当着那么多同事的面,被他们开着警车、鸣着警笛带到了公安局。

"我们了解到一些新的情况,有几个问题需要找你核实一下,请你配合。"马旭表情平静,语气平稳,让人无法拒绝。

"你们问吧。"

"昨天晚上,从渔家灯火出来后你去了哪里?"

"回家了。"

"有人可以证明吗?"

"有,当然。"杨礼权这时才发现,原来警方已经把自己当成了嫌犯,"这位警官,你们是不是有什么误会?"

"杨总,请你直接回答问题就可以了。如果有误会,现在正是解除误会的最好时机。"

"好，我明白。昨天晚上我带着组委会的几个高管，去东吴壹号的渔家灯火吃饭。那几个高管的名单，我已经提供给你们了。将近11点的时候聚餐结束，我买了单，然后叫了代驾，就回家了。回到家，大人和孩子都已经休息了，不过我在客厅装了监控，可以给你们看看。"杨礼权拿出手机，翻出昨晚的代驾记录及家中的监控录像。

马旭详细查看了代驾的订单时间、出发地和目的地，都没有问题，又在云视频APP上，看到杨礼权在11点38分打开了房门，换了睡衣，接着洗漱，去房间睡觉前还打了几个电话……直到今天早上5点多，才起床出门。

"昨晚的电话都打给了谁？"马旭问道。

"昨天晚上突然下了大暴雨，很多事情要处理。"

"都有哪些事情？"

"呃，我想想，"杨礼权看着马旭，心想果然刑警都喜欢抠细节，"昨晚我基本没睡，除了几个电话外，还在工作群里讨论了很久。这些事情包括：紧急采购一次性雨衣、和赞助商沟通明天线下活动的执行问题、安排宣传组出公告告诉大家明天的毅行正常进行……"

"还有其他的吗？"

"剩下的都是一些琐碎的小事情了。"

"不对吧，昨晚你还和孙筱音通过电话吧？"

"哦，对对，是我给她打的。沟通的是直播的事情，我让他们最好再加几台服务器，确保今天的直播没问题。"

"据我所知，三个月前你们就开始筹备毅行了，为什么昨天晚上你还会关注这个细节？你刚才说昨夜下了大雨，很多突发事情要处理，甚至你忙得一夜都没有休息，怎么还会有时间过问直播的技术问题？直播的这个问题，应该不算突发事件吧。杨总，你也是做技术的吗？"

"不，我不做技术。"杨礼权低着头，躲开马旭锐利的目光。

"杨总，我希望你的态度能够积极主动一些，这对你有好处。你现在主动交代和我们查实后你再承认，那性质可就完全不同了。而且，我不妨直接告诉你，这次把你请过来，是因为经过调查，目前你的嫌疑最大。"

"我？我昨晚一直都在家里，你们刚才也看了代驾记录和监控录像。还好我昨晚没去毅行现场，不然更说不清了……"

"我正要问你，作为总负责人，昨夜下了那么大的雨，你为什么没去现场？"

"工作有分工的呀，我不能什么都管。组委会有上千人，每个人都有自己负责的事情。"当工作态度遭到质疑时，杨礼权情绪有些激动，但他很快就意识到此时身在何处，在和谁说话，"当然了，昨晚情况特殊，我确实是想去现场看看的，可我更重要的任务是，全面保障毅行活动的顺利进行。一旦发生突发事件，我第一时间考虑的是这届毅行大会还能不能继续搞下去了。如果决定搞下去，我就要去说服各方领导，尤其是监管部门；如果临时取消，我要做好对上万名参会者的善后工作，还要妥善处理赞助商、合作客户的关系。至于现场的问题，这已经不是第一届毅行大会了，我们有明确的工作规范，要求所有物资都必须放置在篷房内。昨晚虽然风大雨大，但不至于吹倒篷房，物资没有受到任何影响。唯一的问题是，13个站点的26位看守物资的同事没有地方睡觉了。他们本来是在外面搭帐篷的，下了这么大的雨，帐篷是睡不下去了，篷房又堆满了东西。经过几个领导的协商，我们决定让守夜人员回家休息……"

"你是说让守夜人员撤出岱湖，是共同商量的结果，不是你一人决定的吗？"

"当然，上百万的物资安全问题，哪能我一个人说了算？"杨礼权觉得把聊天记录翻出来给别人看，是一件挺没意思的事情，但现在自己的嫌疑最大，不得已掏出手机找到当时工作群里的对话内容，递给了马旭，"您看，这是我们昨晚的沟通记录。"

马旭接过手机，没有发现什么异常。让守夜人员回家休息，确实是共同商议的结果。那为什么还有人反映是杨礼权独自做的决定，难道有人故意诬陷他？

"还有一个问题，需要和你核实一下。今天上午你是否去过三个案发现场，即1号站点、3号站点和9号站点？"马旭接着问道。

"去过。每个站点我都去过，这有什么问题吗？作为毅行的负责人，督察每个站点是我的分内工作。"

"好，那我问得更具体一些。你是否去过1号站点的厕所，以及在3号站点视察时，是否告诫大家不要靠近蓝藻区域？"

听到这个问题，杨礼权先是愣怔了一下，随后变得怒不可遏："哦，我算是明白了，有人举报我是吧？我是去过1号站点的厕所，也在3号站点督察工作时让大家不要靠近蓝藻，但是，这没有什么问题吧？上厕所是正常的生理需求，让大家不要靠近蓝藻，是预防危险，减少负面影响。谁能想到这么巧，这两个地方都发现了尸体……警官同志，这是有人断章取义，恶意污蔑我啊！自从我第一次负责毅行工作，就不断有人在背后搞我！毅行的执行工作很辛苦，有时候我也不能面面俱到，照顾到每一个人的情绪，我理解他们，所以平时我一般不会计较。但是这次不同，这是要把我往死里整啊！"

关于马旭提到的两个问题，杨礼权不难猜出是谁举报的。

"警官同志，如果这样的话，那我也有情况要反映！先说明一下，我这不是小心眼，也不是公报私仇。相反，出于对同事的信任，我还傻乎乎地想帮他们隐瞒，免得给大家带来不必要的麻烦。可是，我现在意识到，这不是义气的事情，而是在妨碍司法公正，恶意影响警方破案。可能他们也是这样想的，所以才向你们举报了我的问题，我不怪他们。"杨礼权装作一副无所谓的样子。

"对，这个觉悟就对了。说说你要反映的问题吧。"

"我要反映的问题有两个，一个是关于许以婕的，另一个是关于贾德霖的。"杨礼权干脆地道。

马旭暗自笑了一下,这个人说得好像大义凛然,其实还是小心眼了。他反映的这两个人,针对性很强,一个是回应许以婕说他在1号站点去了厕所,另一个是回应贾德霖说他在3号站点不让大家接近蓝藻。

"我一个一个地详细展开。先说许以婕。这一届毅行大会使用的直播方案,本来是逗虎直播,并不是虎爪直播。但是昨天晚上,逗虎直播的负责人许以婕临时建议我更改方案,我才给孙筱音打了那个电话,就是我们刚才说到的最后一通电话。我紧急启用了她的虎爪直播……"

"等等,这个信息量有点大。首先,你说毅行的直播方案临时更改过,为什么更改?其次,这个逗虎直播和虎爪直播是什么关系?还有,你和孙筱音的最后一次通话内容,跟你之前的供述好像不一样,你们还说了什么?"

"前面几届的毅行直播方案,用的都是孙筱音的虎爪直播,他们的直播比较成熟稳定,但是互动功能较少。经过多次研究,一个月前,组委会决定今年改用许以婕的逗虎直播。逗虎直播的用户体量跟虎爪直播差不多,准确来说可能还多一些,而且使用体验、交互功能都不错,但是他们之前没有经历过毅行这么大流量的直播。在这将近一个月的时间里,他们重点对并发功能做了优化,可是时间太紧,昨天晚上许以婕打电话说,性能升级还是没有做好,恐怕扛不住今天的流量。能听出来,她非常不甘心,因为这一次的毅行直播,对她和孙筱音来说,都是至关重要的。

"虎爪直播和逗虎直播，都是我们公司旗下的项目。可能有人不理解，为什么一家公司要同时开展两个业务逻辑一模一样的项目呢？其实这是一种内部赛马机制，即同时孵化两个或两个以上业务相似的项目，让它们独立发展、彼此竞争，然后优胜劣汰。这种制度在大型互联网公司并不少见，它能够大幅度提高团队的竞争意识。对于公司决策层来说，也不会认为这是在浪费资源，比起那些腐败贪污、内耗、机构臃肿等造成的损失，这样可以让团队时刻保持战斗力的投入，性价比更高。但是内部赛马从根本上来说，就是人力汰换的一种方式，对员工非常不友好。

　　"而比'内部赛马'更残酷的是'内部创业'，也就是说项目由公司和员工共同出资和运营，利益共享，风险自然也要共同承担。我们公司的这两个直播项目，便是'内部创业+赛马'机制下的产物。

　　"这种运作方式，会对项目负责人造成双重压力，既要担心投入真金白银之后的营收问题，又要时刻防范被哪个看得见的竞争对手赶超。这种压力，可不是一般员工能够承担的。虎爪直播的老大孙筱音和逗虎直播的负责人许以婕，都是在职场上历练多年的女强人。她们为了能够胜出，可谓呕心沥血，殚精竭虑。这次的毅行大会，她们就觊觎已久，安排了地推人员、在桁架上投放了广告、把宣传单页分发到各个站点，简直是无孔不入。

　　"除了这些常规渠道外，最重要的还是大会直播。毅行大会的直播数据相当惊人，我没记错的话，去年的观看人数是300多万，

APP安装转化率高达3%。也就是说这一场直播，就可以给虎爪直播带来近10万个安装量。今年直播行业越发成熟，根据预测，这一届的流量比去年至少增加3倍。她们辛辛苦苦忙碌一年，花掉几百万的运营费用，可能也就几十万个装机量，而且用户留存率和活跃度都比较低，远不如毅行直播带来的效果好。此外，大会直播还具有排他性，官方指定的直播只有一家，其他所有合作媒体都只能转播。"

"我简单总结一下。虎爪直播和逗虎直播，都是你们公司旗下的产品，而且是'内部创业'加'内部赛马'的产物。毅行大会的前三届，用的都是虎爪直播，这一届改用了逗虎直播，做出更改决定的时间是一个月前，原因是逗虎直播的互动功能更丰富。可惜的是，逗虎直播没有做过高并发的活动，直到昨天晚上还没有优化好，不得不又改回了虎爪直播？"马旭费力总结道。

"对，没错。昨天晚上12点多，我才被告知要临时更改方案，看来许以婕也是坚持到了最后。没办法，我只能给孙筱音打电话，紧急启用虎爪直播，并让她多加几台服务器。"

"你们还聊了其他内容吗？"

"没有了。"

"你为什么一开始没有提到这些信息？"

"首先，你们也没问我。其次，我觉得这个事情跟案件没有关系。再说，我跟许以婕共事这么多年，她的人品我是了解的。我也不想因为我的举报，给她带来不必要的麻烦。"

应该是不想给自己带来麻烦吧,马旭心想。杨礼权就是一个典型的实用主义者,不会主动招惹同事,以免自找麻烦,徒添许多烦恼。但当自己被人举报,成为最大嫌疑人的时候,他会立马展开自我辩护,然后精准反击对方。人性大抵如此,在实际的审讯过程中经常会遇到这类人。

"我还有一个疑问,既然这两个直播项目的竞争如此激烈,毅行大会对她们又那么重要,逗虎直播究竟是出了什么问题,才能够让许以婕在距离开播不到10小时的时间里,突然把官方唯一指定直播的机会拱手让给了竞争对手?"

"据我所知,的确是因为高并发没有优化好。逗虎直播已经加了将近一个月的班,昨晚12点多了,好几个程序员还在公司写代码。"

"好,这个问题我会了解清楚的。其他方面,你还有没有要补充的?"

"关于许以婕,我知道的全部交代了……对了,警官同志,你们调查她的时候,千万别说是我说的,都是同事,以后还得相处呢。"

"这个你放心。后面你再想起什么,要及时、真实且全面地跟警方反馈。"

"明白。那我们接下来说说贾德霖?"

"好。"

第十一章
感情动机

"贾德霖是3号站点的站长。因为昨晚守夜人员撤离了，我就要求13个站的站长在今天早上6点前必须抵达各自的岗位。3号站的篷房搭建在岱湖北岸的下游处，距离发现孙筱音尸体的蓝藻区域大概只有不到一百米的距离。贾德霖是6点到达站点的，但直到8点45分才反映了蓝藻的情况。"杨礼权道。

"他是一个人去的3号站点吗？"马旭问道。

"对，站点之间的距离太远，每个站长都是自驾前往。他们到了以后，会在工作群里发个定位。我要求的是，主站长先在6点前抵达，副站长和其他站点工作人员在7点左右到工作岗位即可。"

"那他会不会没有发现蓝藻？"

"应该不会。蓝藻的气味很难闻，贾德霖后来也承认，他刚到站点时就闻到了一股腥臭味，然后发现了那片蓝藻。当然，我必须要说明，贾德霖的性格比较老实，也是第一次负责站点工作，关于蓝藻的事情他曾向环卫工人反映过，但是这个事情不归他们管，然后贾德霖就没再跟进了。"

"那可能是他的工作疏忽。根据我们掌握的情况，孙筱音的尸体，不是他第一个发现的。"马旭有点觉得杨礼权是因为被贾德霖举报了，才故意针对他。

"是的，一开始我也这样想。尸体是生态环境局的同志在现场打捞蓝藻时发现的。那时已经9点多了，正好是3号站点的人流高峰，贾德霖应该在篷房处接待毅行人员……"杨礼权犹豫了一下，不知道该不该继续往下说。

"然后呢？你有什么就说什么。你应该也知道凶手到现在还没找到，没准儿还会有下一个受害者。耽误了破案，你的问题就不是不配合警方办案这么简单了。"

"不，不是不配合，只是这个事情有点八卦，我也是道听途说……"杨礼权想了一下，还是交代了吧，免得又要被警方说影响破案，好像自己多重要一样，"这个贾德霖是孙筱音的前男友。"

"他们交往过？那就有点巧合了，前女友死在了自己负责的站点附近。"马旭惊了一下，这个信息还是第一次听到，"你具体说说，他们交往时的关系怎么样？还有，他们为什么分手？"

"他们是怎么谈的恋爱，我们都不清楚，也不太理解，因为他俩的性格、气场截然相反。孙筱音，怎么说呢，性格比较外向，贾德霖就比较本本分分了。能看得出，贾德霖是奔着结婚去的，两个人交往时他没少给孙筱音花钱，光几万块的包就买了好几个。工资不够，他就借花呗，借完花呗，又套信用卡。但两个人从确定关系到分手，好像只用了不到两个月的时间。"

"你怎么记得这么清楚？"

"这事公司很多人都知道。他们刚确定关系时，贾德霖开心地请了很多同事吃饭，不知道的还以为是办婚宴，大伙还私下调侃要不要随份子。然而，两个月不到，孙筱音就提出了分手，同事们又调侃幸好当时没随份子。"

"分手的原因是什么？"

"听说是女方劈腿。刚分手时贾德霖还苦苦挽回，放下尊严，不计前嫌，好像后来又勉强维持了一段时间。有些好心的同事看不下去，旁敲侧击地劝他放手。可能是被伤害的次数多了，也可能是受不了同事们或怜悯或讥讽的眼神，前段时间彻底分开了。"

"具体什么时候分开的？"

"这个还真不清楚，他们总是分分合合的。"

"那你说的彻底分开是什么意思？"

"听说贾德霖已经提了离职，下家都找好了。为此我还和领导沟通过，要不要继续让他担任3号站的站长。领导说，贾德霖的品行还可以，会坚持到毅行结束再走。所以，我推断，他应该是要彻底断了和孙筱音的关系吧。没想到，现在真是断得干干净净，只是方式太残忍，阴阳两隔！"

"还有个问题，你觉得贾德霖跟汪长波的关系怎么样？"

"怎么说呢，就挺尴尬的吧。情敌？前辈？三角恋？好像都不准确。好在他们不是一个部门的，平时不怎么能见到面。其实，就算见面也没关系，这两个人性格都比较柔弱，绝对打不起来……"

"好，还有其他要补充的吗？不只是对许以婕和贾德霖，只要跟案件相关的都可以讲。"

"没有了，如果后面有新的发现，我再跟你们说吧。我还是非常愿意配合警方工作的，希望你们不要只听信别人的一面之词。没办法，干工作总是会得罪一些人的。像贾德霖，今天上午刚被我批评了一顿，没准儿现在还记仇呢……哦，对了，你们等下是不是要去毅行现场，可否捎上我？我还有十几个工作人员在那边。"杨礼权笑着道。

当着那么多下属的面被警方大张旗鼓地带到了公安局，现在再灰头土脸地回去，肯定很多人以为他就是最大的嫌疑人。这对于自己的声誉、对于辛苦打造的"1024程序员毅行大会"品牌形象，都有很大的负面影响。如果他能跟着警车一起回到岱湖，不仅可以洗脱嫌疑，还能找回面子，起码能够让那些背地里举报他的人高看一眼。

"不好意思啊，杨总，我们现在都是线上视频会议。刚才带您来警局的两名同事已经去带许以婕和贾德霖了。"马旭看出了杨礼权的小心思，站起身来客气地道，"后面的工作，还需要您这边的密切配合。我让小刘帮您叫个出租车吧……"

"那不用，配合警方工作是我们应尽的责任。我自己回去吧，再见了。"

说着，杨礼权走出了询问室，刚来到大门口，就远远望见许以婕朝这边走来。他赶忙躲进角落里，待完全不见许以婕的身影了，才悄悄地离开警局。

"许女士，据说今天的毅行大会直播，原先使用的应该是逗虎直播，为什么你会在昨晚主动要求更改方案呢？"马旭开门见山地问道。

"既然你们已经知道直播方案更改的事情，想必杨礼权也把更改的原因告诉你们了吧？"许以婕不紧不慢地说。

马旭笑了一下，这两个人真是有趣，相互举报，而且彼此心知肚明。

没等马旭开口，许以婕接着讲道："当然，我可以再说一遍。全国程序员毅行大会已经是第四届了，前面三届使用的都是虎爪直播。虽然我们的用户体量比虎爪直播略多一些，但我们从来没有承接过如此大型的赛事直播。事实上，为了这次高并发的活动，我们已经花了将近一个月的时间，对架构进行迭代升级。但是，直到昨天晚上，我们的功能优化仍然没有达到预期目标……我想，应该没有人比我更了解这场直播对我们的意义有多重大，团队成员也都劝我不要喊停，如果我装作不知道，今天的直播自然不会轮到虎爪直播。可是万一出了问题呢？观看人数那么多，任何一个小问题都会被无限放大。我们要对用户负责，也要对自己负责。这样的风险，我不能冒。"

"我听说你们的直播使用的是云服务器，应该不会出现因为并发问题用户就观看不了直播的情况吧？"

"嗯，观看是没问题的，但是互动功能的并发是有阈值的。我不妨说得更具体一些，我们评论功能的上限是800，就是最多只能支持800个人同时发布评论。"

"这么少？"

"其实不算少了，但是对毅行大会这种直播来说，显然是不够用的。800的上限，也是我们优化了很长时间才做到的。要怪就怪我们的底层架构没搭好，后期又迭代了太多的版本。代码管理这一块，目前很多国内的公司都做得不够好，功能越多，越容易出问题，也越不好修复。"

"所以你就把大会的直播权拱手让给了竞争对手？"

"我也不想。虽然虎爪直播的互动功能没有我们多，用户体验也没有我们好，但我得承认，他们的系统更稳固一些。"

"好。你最后一次见到孙筱音是什么时候？"

"昨天晚上。组委会的工作人员一起吃饭，我见过她，那应该是最后一次见面了。"

"你们吃饭时孙筱音是否有异常的举动，比如神情、语言等方面有没有和平时不一样？"

"呃，我想一下，其实我平时跟她交流不算多，昨晚我也没有怎么关注过她。应该没什么异样吧。"

"你今天还去了毅行现场吧？你们的直播已经取消了，还去岱湖做什么？"

"公司这么大的活动，身为一名员工，当然要去现场看看。而且我们还有工作在身，不仅布置了多个地面推广摊位，另外还有十几个部门同事参与到毅行各个环节的工作当中。我本人也在毅行现场出了突发事件后，第一时间策划了一个专题页面，告诉大家紧急情况下的一些自救小技巧，倡导参会人员在专题上提交安全信息，让家人、朋友放心。对了，专题上还有一个版块是呼吁市民提供嫌疑人线索。这个功能，应该已经和你们对接过了。"

"嗯，我有了解，原来这个专题是你做的。"马旭道。

"对，是我们团队开发的，希望能起到一些作用。"

"你们能够想到这些，并那么快速地做出反应，说明你们在应急处理方面很专业。"

"这也是在上级领导及多位公共关系专家的指导下，才开发出来的。"

"你客气了，我听说你是个高才生，大学时取得了计算机和心理学的双学位，后面又到美国攻读公共管理硕士。你的团队还合著过一本书，名为《直播十讲：决胜直播的十大秘籍》，其中你是主要作者。"

马旭不由拿许以婕跟杨礼权作了比较。这个女高管不光简历漂亮，而且情商颇高，谈吐自如，比杨礼权的水平高多了。

"就是把日常工作中的一些经验整理了一下，作者不只是我一个人，整个团队都有参与和输出。"许以婕说得很平静，看不出一丝虚假的谦让或故意的客套。

"汪长波也是作者之一吧？"马旭突然问道。

"对，"许以婕好像对这个问题并没有感到太多意外，"那时他还在我们部门，不过大概一年前，就自己申请了内部转岗。"

"转到孙筱音的部门了？"

"没错。两个部门都是做直播的，比较适合。"

"转岗的原因是什么？"

"我想你们应该已经有所了解了吧。"许以婕有些难为情，不

103

太愿意聊别人的情感八卦。

"是因为汪长波和孙筱音谈了恋爱,然后他才申请调到孙筱音部门的?"

"嗯。"

"有人反映,汪长波是你们团队的研发主力,孙筱音和他恋爱,其实是在挖墙脚?"

"是有一些同事私下这么议论,不过人家正常谈恋爱,工作调动也符合公司流程,没有什么问题。况且汪长波虽然是核心员工,能力也很优秀,但毕竟刚毕业没多久,在我们部门也只做了两年时间。"

"好。还有最后一个问题,昨晚你在渔家灯火吃完饭后,都去了哪里?"

"昨晚聚餐结束后我就打车回家了,之后便没再出过门,直到今天早上,大概6点吧,我出发去了毅行现场。"

"然后就一直待在岱湖吗?"

"不,突发事件发生后我回公司策划专题了,一直忙到中午。忙完后,我便回家休息了。然后,就是被你们带到这里。"

"你在公司的时候有其他人吗?"

"当然,这个专题是五六个人一起负责的。"

"好,感谢你的配合,如果你后面想起了什么可以随时来找我们。"

"没问题。"许以婕爽利地应道。

第十二章
玩忽职守

许以婕走出询问室时,贾德霖已经在门外等着了。两人打了个照面,彼此苦笑一下,还没来得及说话,贾德霖就被带进去了。

这已经是他第二次被问话了,活这么大,还是头一遭和警方如此高密度、近距离地接触。而与第一次在毅行现场的临时询问室不同,这次直接是在公安局里,贾德霖显得有些紧张。

在椅子上坐定之后,警方并没有马上展开询问,这让原本就不安的贾德霖变得更加惶恐了。

马旭没有立刻对贾德霖问话,是因为他这一会儿的工夫已经接连问了两人。现在他正一边喝水,一边看着贾德霖的材料。

"贾先生,在上午的问询过程中,好像有些关键信息你没有交代清楚。"马旭直接进入了正题。

"不,不会吧?我知道的,都告诉你们了。"贾德霖结结巴巴地道。

"不用紧张,我们只是简单核实一下情况,你只需认真配合就行了。"

"嗯,我一定配合。"

"今天早上你是几点钟到达3号站点的?"

"5点50分左右到的,组委会要求我们在6点以前,必须抵达各自负责的站点。"

"当时3号站点只有你一个人吗?"

"是……是的,不过,7点左右站点其他工作人员陆续到齐了。"贾德霖慌张地说。

"这个我们知道，你不必强调……当你到达3号站点时，有没有发现什么异常？"

"有，我刚到站点就闻到了一股腥臭味，然后远远看到了一片蓝藻。不，不是远远看到，蓝藻和篷房的距离并不远，一抬头就望见了。"

"你有没有走过去？"

"没有，太臭了，我还戴了口罩，没有靠近蓝藻。"

"从你5点50分到达3号站点，一直到7点钟其他同事到岗，这一个多小时的时间里你都做了什么？"

"呃，我在玩手机……"

"玩手机？"

"是的。"贾德霖没有底气地说，"其实下周我就要到新公司上班了，没有毅行大会的话我早就走人了。即将离职的人，难免对工作会有一些懈怠，这也是人之常情。"

"这个问题，我们等下再说。现在请你仔细确认下，从5点50分到7点，你都是在刷手机，没有做别的事情吗？"

"是。"

"7点以后其他工作人员到岗了，他们有没有发现蓝藻，并靠近蓝藻？"

"有发现，但是据我所知，应该没有人接近。他们来了之后我就把工作安排出去了，大家也都各司其职，投入到忙碌的工作之中。再说，那个味道真的很难闻，躲都来不及，没有人会去靠近的。"

"你们就这样置之不理,直到杨礼权8点45分到你们站点督察工作,你才汇报了这个情况?"

"不是,我向环卫工人反映过……当然,这是我工作态度的问题,觉得把麻烦抛出去后就跟我没关系了。"

马旭略带嫌弃地看了一眼贾德霖:"你平时的状态也是这样吗?"

贾德霖的脸一下子红了,尴尬地解释道:"正是因为我也意识到了这个问题,所以才申请辞职,另找了新的工作。"

"嗯,是因为孙筱音吧?"

贾德霖沉默不语,轻轻点了点头。

"你们相处了多长时间?"

"时间不长,确定恋爱关系只有两个多月吧。"

"相处过程中,有没有什么矛盾?"

"没有。我们是正常恋爱,和平分手。"贾德霖有点不开心。

"贾先生,你不要误会,我们无心关注你的私人生活。只是警方侧面掌握了一些可能对你不利的证据,希望你能积极配合,消除自己的嫌疑。"

"明白。我和孙筱音的感情压根儿就是一个错误——如果我们之间还有感情的话。说到矛盾,还真没有,有的只是一个愿打,一个愿挨。我没什么可后悔的,合不来就不用再勉强,也省得让同事们看笑话。"

"对于孙筱音的死,你怎么看?"

"就当一个普通朋友去世了呗。"话虽如此,贾德霖的眼泪还是不争气地掉了下来。

"不,我问的是,你怎么看待她的意外死亡。比如,她生前有没有跟别人结过仇?"马旭有点不合时宜地道。

"哦,不好意思,据我所知,她的性格比较强势,的确很多人都不太喜欢她,但是应该还不至于杀人吧。"

"那你和汪长波熟悉吗?"马旭一边盯着贾德霖,一边问道。

"他?不熟!"贾德霖面露不爽地回答,接着又补了一句,"就是孙筱音的那个情人吧?以前偷偷摸摸的,现在终于可以光明正大了!"

"所以,你痛恨他们?"

"不,我恨的是自己,我应该早点和孙筱音断了关系,也应该早点离开搏虎科技,何必把自己弄得那么狼狈?真搞不懂这家公司为什么会准许办公室恋情,害人不浅啊!如果一早就禁止同事之间谈恋爱,可能他们俩——起码汪长波也不会死了。我印象中的汪长波,人很老实,不会得罪什么人,也不会做出违法犯罪的事情……同样,孙筱音也不像能干出多大坏事的人,但是谁能保证她跟另外一名被害人,甚至凶手之间没有那种关系?女人真的不能拿感情当游戏,损人不利己,迟早遭报应。我目睹了孙筱音的尸体,真为她感到悲哀。"

"你怎么知道还有另外一个被害人?"

"呃，警官同志，现在整个东吴市应该没人不知道了吧？那首打油诗早就传遍街头巷尾，标题就是'四狗赴黄泉'，但目前只找到了三具尸体，凶手你们也没抓到吧……我知道你们为什么把我叫来问话，是因为孙筱音死在了我所负责的站点。可是其他站点呢？1号站点和9号站点的情况和我一样呀！那两个站长也是6点前独自抵达现场，尤其汪长波的尸体还藏在移动厕所里呢，1号站的站长不是也没发觉吗？不能因为我和孙筱音曾经是情侣关系，就只怀疑我一个人。"

"其他人的问题，我们会一一核实的。最后再问你一个问题，昨晚你都去了哪里？"

"从昨天下午开始，所有的站长都去毅行现场接收物资，接收之后还要摆放整齐，一直忙到晚上8点。本以为杨礼权会请我们吃饭，结果他只给我们点了外卖，然后就和几个大领导去饭店了。大概9点左右，负责守夜的同事过来了，我们也就回家了。然后今早6点钟，我又回到了3号站点。"

"好，你可以回去了。后面可能还会找你了解情况，到时候请你配合。"

"嗯，好的。"

通过对贾德霖的询问，马旭掌握了一条新的线索，这条线索是之前从未关注到的，没准儿会成为案件的重大突破口。马旭把询问室交给了两名骨干科员，让他们继续负责接下来的工作，自己则对孙筱音那混乱复杂的私生活展开了细致调查。

或许真如贾德霖所言，孙筱音和第四个被害人，甚至凶手之间存在着某种正当或不正当的情感关联。在之前的分析中，专案组一直把焦点放在了经济利益上，也确实，财务问题能够清晰地将这三名被害人勾连起来。但随着对案件的深入调查，尤其是对他们社会关系的掌握程度越来越高，感情瓜葛这条线索已经逐渐浮出水面。"1024连环谋杀案"的作案动机，可能不是谋财害命，而是情杀。

当然，贾德霖这样一个"情痴"说出的话，可信度是要大打折扣的。他为孙筱音花光了钱财，却屡遭背叛，为此饱受同事嘲讽，最后不得不落荒而逃，离开搏虎科技公司。其实，贾德霖的犯罪动机也十分明显，他可能因爱生恨，或恼羞成怒，先后将"背叛者"孙筱音和"出轨对象"汪长波一一杀害。

但是，陶纪宽呢？他也裹进了这场情感纠纷吗？

马旭立刻展开了调查工作。

与马旭找到了新线索不同，毅行现场的勘查工作可谓一筹莫展，毫无头绪。

首先是被锁定为第一案发现场的岱湖南岸。

岱湖南岸不同于北岸，这里人迹稀少，保留着大片的自然风光。沿途不少村落的房子都被画上大大的"拆"字，浩浩荡荡绵延了十几公里，直到通往市区的主干道才戛然而止。主干道的两侧形成了鲜明对比，一边是破旧不堪的待拆房屋，一边则是高档豪华的别墅区。

现勘组和法医鉴定中心的同志对这里进行了细致排查，然而由于排查范围太广，现场又遭到昨夜的大雨冲刷，一直忙碌到夜幕降临，也没获取有效证据。不仅如此，现场也没有找到目击证人，就连监控都没有安装。

其次，专案组联合组委会工作人员，对毅行现场重点是13个站点进行了全力搜查。林闯还协调了刑事警察、治安警察、交通警察、林业警察等多个警种的大量警力，对现场各个主干道、小路、湖边、桥梁、公园、沿途车辆等，进行逐一排查。警用直升机在天上盘旋，并将空中观察到的情况实时传输到专案组的便捷式图像接收机上。十几只训练有素的警犬，通过灵敏的嗅觉为大家指引着方向。

可是，经过数小时的空地协同和地毯式搜索，依然没有找到第四个被害人的下落，也没发现犯罪嫌疑人的逃亡路线。

接着，专案组在搏虎科技的配合下，对一万多名毅行报名者、近千名毅行工作人员，以及三百多名非报名但在毅行现场出现过的人员进行了排查，共检索出两个姓氏为"白"的用户。但是，这两人都有合理的不在场证明，已经排除掉他们的犯罪可能。

"1024连环谋杀案"的侦破工作，好像陷入了僵局。

林闯站在岸边，看向眼前激滟的湖面。岱湖的水，算不上清澈见底，甚至还有点混浊发黄。林闯相信不管水里的鱼躲在哪里，都迟早会有浮出水面的那一刻。破案也是如此，破案是没有弯路的，总是在一步步地接近真相。

可是，留给他的时间不多了。这个案件受到了省厅，乃至公安部的高度关注，在巨大的压力面前，林闯许诺24小时以内破案。如果不能按时破案，上级将会安排一组刑侦专家协助办案。林闯心里跟明镜一样，说是协办，其实就是督办。除了表明领导对案件的重视程度，也说明了自己能力不行。

第十三章
大老板

天色越来越晚了，现场的勘查工作受到了非常大的阻碍。兄弟们又辛苦了一天，此时，大家不仅面露疲态，言谈举止还显得有些消沉。

10月底的岱湖，晚上有些寒冷。林闯一个人站在湖边，默默抽着烟，脑子里想着如何快速破案。

束丽丽是林闯一手带出来的，朱天浩又是林闯警校的校友，他俩从没见这个年过半百的领导有过如此大的压力。

"案子好像挺棘手的……"朱天浩打破了平静。

"是的。现场需要排查的范围太大，案件涉及的人员也太多，想要在短时间内破案，挑战还是非常大的。"束丽丽接着说道。

"困难肯定是有的，但你们可不能泄气。"本来束丽丽和朱天浩还想宽慰一下领导，结果反被领导安慰了，"我在想，我们的方向是不是出了问题？漫无目的地在这个600多平方公里的岱湖搜查，一定是大海寻针。通过那首打油诗，我们快速找到了前面三个被害人的位置，或许第四个被害人的信息，凶手早就留下了线索，只是我们还没有发现。"

"但是，那首诗我们已经分析过很多遍了……"

"孙筱音和汪长波的下落，可以直接在打油诗中找到。陶纪宽的下落，隐藏得就有点深了。我们是根据打油诗发布间隔913秒，再结合案发现场的信息，才推论出第三具尸体在9号站点的。"

"这个推论，还有一个依据——913也是程序员节日，跟1024一样。"

"没错。那么第四具尸体的线索，是不是也跟这些数字有关？或者跟程序员节日有关？"

"数字方面的推测，我们已经做过很多次了。倒是程序员节日这个线索，我们没有深入分析过。"

"嗯，会不会从第三个被害人开始，凶手留下的线索就从数字，转向了程序员节日？"

这个想法一提出来，束丽丽有点恍然大悟的感觉："有这个可能。凶手选择在程序员节日当天抛尸，三名死者中有两名从事的是互联网工作。陶纪宽虽然是放高利贷的黑社会，但他跟另外两名死者存在着直接的利益关系。"

"那线索是什么呢？依然看不出明显的线索。"

"不，起码我们大致可以锁定第四个被害人，应该跟互联网有关，可能他从事的是互联网工作，也可能跟互联网存在着类似陶纪宽一样的联系。还有，凶手选择在1024程序员节日杀人抛尸，对待尸体的方式极具仪式感，要是单纯害人，为什么这么麻烦？甚至，他还故意留下种种线索。这不像是冲动型作案，而是经过精密部署的蓄意谋杀。凶手应该是想传达某种信息，某种跟互联网有关的信息。"

"嗯，这一届程序员毅行大会的主题是'科技反思，共创未来'，听说今天下午和明天组委会本来还安排了几场论坛，邀请了多位'互联网评论家'。这些人中有唱衰科技的，也有到处宣传互联网有罪论的……不过因为现场出了杀人案，会议都被临时取消了。我觉得这些人,可以纳入重点调查对象。"

"我赞同。从目前掌握的线索来看,第四名被害人,包括凶手,极有可能跟互联网有着千丝万缕的关系。论坛大会的这些'互联网评论家'也贴合这个画像。同时,这些人的表达能力出众,很多人都写过专业著作,也符合案件中打油诗和判词的作者形象。"

正当林闻等三人热烈讨论之际,一辆迈巴赫远远驶了过来。车子停下之后,搏虎科技的创始人兼首席执行官王铮鸣,从后门下车快速走了过来。

白天的时候,专案组就和王铮鸣通过电话。当时他在国外出差,听说毅行现场出了连环杀人案,赶忙停止一切工作,让助手订最近的航班即刻飞回国内。

刚下飞机,王铮鸣连公司都没去,就来找专案组了。他实在没办法不着急,因为活动现场接连发现三具尸体,直接导致搏虎科技的股价大幅下跌,市值瞬间蒸发几个亿。虽然公司在第一时间就做了危机公关,但是大家都清楚,案件一天不破,公司的股价还会持续动荡下去。

王铮鸣是可以载入中国互联网史册的大佬级人物,风风雨雨二十多年,江湖人称"王老虎",就没有他不敢得罪的人,国内有影响力的科技公司几乎都跟他交过手,是互联网圈"树敌"最多的企业家。

他创办的搏虎科技公司同样充满了争议,公司引以为傲的

"996""灰度管理""内部赛马""破冰文化"等机制,让这家互联网大厂每时每刻都处在舆论的风口浪尖上。

但近年来,"王老虎"和他的公司都低调了很多。用他的话说,"现在的江湖不流行高调了,谁飘谁挨刀"。

其实,一家公司或创始人高不高调,绝不取决于公司的文化或老板的个性,而是取决于是否有利于事业的延续。这背后有大环境、公司业务转型等多方面的权衡。

从2021年开始,互联网的红利加速消失,粗放型的经营模式走到了尽头。同时,大环境趋严,监管部门对行业频繁整顿,民间也涌现出一种反对的情绪浪潮。剥削外卖小哥、"二选一"不正当竞争、"超前点播"割韭菜行为等,被屡次曝光。

在这种大背景下,降低存在感就成了互联网大佬们心照不宣的处世哲学。当时代不再需要表演型企业家的时候,他们就会果断放弃台前的喧哗,不再挖空心思地蹭流量、刷热度,而是一心只求做个"小透明",享受着闷声发大财的快乐。

另外,互联网红利的消失主要体现在用户消费端,而产业互联网还会有非常大的市场空间。所以,很多企业的业务方向,都从主要面向消费者转向主要面对企业或政府。搏虎科技公司也是如此,"1024程序员大会"就是一个尝试。一场大型线下活动的背后,是多个政府部门资源的整合。

精明的老板都明白,做B端、G端的业务,必须要低调。这两年"王老虎"也确实低调了很多,平时几乎不露面。难得更新一次微博，也是积极地宣传主旋律，比如生编硬造出："搏虎科技的核心企业文化，确实是'一起努力拼搏，虎虎生威地实现共同富裕'，这也是我二十多年前创办这家公司的初衷。"

但是，只要稍微花点时间去搜索一下王铮鸣的相关资料，很容易就会发现这几年他的投资、并购动作从来没停过。对于这些互联网大佬来说，有时候退，就是为了进。退的背后，暗藏的是进的野心。他们永远不会真正停止为自己掌舵的大船寻找新的航向；恰恰相反，身处聚光灯外，将有更多的时间去准备下一盘更大的棋。

近日王铮鸣到国外出差，就是在考察新的投资项目。没想到，毅行现场出了连环杀人案，股东们不断给他施压，让他尽快回国处理问题。

林闯看到王铮鸣快步走了过来，便示意束丽丽和朱天浩，让他们去调查那几个"互联网评论家"。待束丽丽和朱天浩离开时，王铮鸣也来了。

"林局，好久不见，"王铮鸣寒暄道，"我刚下飞机就赶来了。"

林闯和王铮鸣握了握手："是啊，没想到在这里见面了，上一次好像是市人代会……"

"嗯，应该是的。"王铮鸣有点心不在焉地道，他此刻更关心的是案件的进展，"林局，案子现在侦破得怎么样了？有没有需要我配合的地方？上午您给我打电话时我在国外，很抱歉没能第一时间协助警方办案。"

"目前案件还在有序的调查中，我们也掌握了一些有效线索。今天毅行组委会和搏虎科技的员工，都给予了专案组很大的帮助，但是有些信息，他们可能知道的并不全面。现在你回国了，正好可以向你了解一下。"

"林局，您请讲。只要能尽快破案，我一定无条件配合。坦白讲，我现在面临的压力也很大，董事局不断给我施压，让我今天务必给他们一个交代，公关部的稿子也早就准备好了，等着我表态。但是，我想还是要先和警方这边通个气。"

林闯听懂了这句话的弦外之音，其实这是在向警方要结果。

"在早日破案方面，我们的目标是一致的。不只你们要发公关稿，我们也要出通报。由于案件还在紧张侦破阶段，我希望你们的稿子要以警方通报为主，不要泄露相关案情信息。"

"明白，这个是一定的。我稍后让公关部把稿子发给警方把把关。"有了警方通报作依据，王铮鸣也算勉强给股东和网民交了差，"林局，您有什么想要了解的，就请说吧。"

"好，想必你对案情也有一些了解，我就长话短说了。经过大批办案人员的全力搜查，我们在毅行现场找到了三具尸体，其中两具是搏虎科技的员工，分别是孙筱音和汪长波。另外一名死者，证实和孙筱音存在非法借贷关系。而在上午的大会直播中，还出现了一首离奇的打油诗，打油诗暗指将有四人被害，目前只找到了三个。对此，你怎么看？"

"是的,我在回国的路上已经开始关注案情了,并向人力资源、法务、财务等部门做了进一步了解。孙筱音和汪长波确实是我公司的员工,他俩同属一个部门,孙还是部门负责人。对于他们的不幸遇害,我感到非常震惊和愤怒,希望警方能早日抓到凶手,除恶务尽!在他俩遇难之后,我就安排人事部,还有各个事业部的负责人,立刻确认员工们的人身安全。目前得到的反馈是,全部员工及其家属均在安全范围内。

"说回案件本身,我觉得凶手的杀人理由十分明显,就是谋财害命。对于谋杀这种行为来说,情感动机或者新仇旧恨都显得分量不足,只有经济纠葛才是最根本的杀人动机……呃,林局,您别误会,我是守法市民,绝对不会违法犯罪的,我只是在进行案件推理。"

林闯看了一眼王铮鸣那副嘴脸,在这些人眼中,可能一切事物的根本,都可以归结到经济利益上。"说说你做出这个判断的理由。"

"理由是很明显的,"王铮鸣压低了声音,生怕被别人听到似的,"这三名死者之间看上去关联不大,好像八竿子打不着,其实,他们是在同一条船上的。"

"同一条船,什么意思?"

"孙筱音不用说了,我知道她是虎爪直播的大股东。然后我又让财务部查了下,果然汪长波也出资了30万,占5%的股份……这些你们应该都调查清楚了。但是,陶纪宽可就不是放高利贷这么简单了。在资本市场上，经常会有一些人不方便出面，通过间接持股甚至是'影子股东'的形式，私下和名义股东签订股权代持协议……"

"你是说，陶纪宽也是虎爪直播的股东之一？"

"这个是我猜测的。财务部的小赵告诉我，汪长波曾经就这个问题专门咨询过她。公司方面当然是不允许这种操作的，可实际上我们很难杜绝这种行为。有的时候，他们这种暗股只是口头约定，连个书面文件都没有。"

"你们有对股东的资质进行审核吗？"

"当然有的。像汪长波这种司龄三年左右、主管职务的员工，最多也就可持5%的股份。但孙筱音就不同了，她是虎爪直播的项目负责人，大股东，占50%的股份。我怀疑陶纪宽的暗股，就藏在这里面。"

"如果你这个假设成立的话，他们三人确实是在同一条船上。"林闯道。

"是的。只要再分析一下，他们三个死了对谁的好处最大，就基本可以锁定凶手了。"

"你觉得会是谁？"

王铮鸣没有半点犹豫地说："肯定就是虎爪直播的竞争对手——逗虎直播。但是，据我了解，许以婕不像这么狠的人。她能力突出，人缘也很好，我十分器重她，还想把她培养成接班人，想不到她……"

林闯看着王铮鸣,心想这人真是名副其实的"王老虎",不仅直言不讳地揭示了股权运作的潜规则,还毫不顾忌地指出了怀疑对象,甚至具体到许以婕这个人。

"你对杨礼权、贾德霖这两人怎么看?"林闯问道。

"杨礼权是毅行大会的负责人,从利益的角度分析,他是利益共同体,应该不会在毅行现场行凶。贾德霖,我也是今天刚了解到,孙筱音的尸体是在他负责的站点发现的,而且他们曾经交往过,贾德霖还被绿了。但是我认为情感因素,对于谋杀这件事来说会显得动机不足。只有触及经济利益,才会……"

"好,还有一个问题,"林闯打断了王铮鸣,"你对凶手选择在今天这个日子行凶有什么看法?"

"今天?哦,今天是程序员节。在程序员节谋杀程序员,从传播学的角度来看很有噱头啊。但是关注的人越多,越容易暴露。凶手为什么不顾风险,非要在今天杀人抛尸呢?在程序员节当天,当着一万多名程序员的面杀掉两个程序员……我知道了,这一定是那些'互联网评论家'干的,他们想要兜售自己的观点,引起别人的注意,这样他们的书就能卖得更多了。

"对了,有一个科技作家好像姓胡,具体名字我忘了。这人写过一本书《再见,互联网》,里面对互联网进行了大量的反思和批判。当初出版时还遇到了很多麻烦,没人敢接这个选题。后来不知道是谁找到了我,我看这书的立意独特,就帮忙写了推荐序,然后才得以出版。一上市,它立马成了畅销书。你们可以去查查这个人……"

果然资本都是逐利的，为了能早点破案，让股价得以恢复，王铮鸣先是果断地供出了自己的优秀员工，接着又脱口而出地点名了他曾经帮助过的作家。但是仔细一想，王铮鸣所说的这两个人确实都有作案嫌疑，一个为了利益，一个为了名气或传递某种扭曲的价值观。

"王总真是位成功的企业家，看问题总是能看透本质。你还有没有发现其他可疑的地方？"林闯笑着道。

"其他方面暂时没有了。我要是想到了，马上跟你们汇报。"

"那非常感谢你提供的这些线索。"

"应该的，我也是希望早点破案。您看，电话又来了，肯定是催我回去开会。林局，那我先走了。"

"好，案件有了进展，警方会通知你们。"

第十四章
合并线索

王铮鸣走后林闯立刻召开视频会议，将他掌握到的信息，和束丽丽、马旭的调查结果进行合并。

首先汇报工作的是马旭。

经过大量的问询、调查取证，并对线索进行细致梳理，目前取得了以下进展：

首先，通过对杨礼权家庭监控录像的调取，并对昨天与他通话的人员进行核实，基本可以排除他的嫌疑。他有充足的不在场证明。

其次，通过对三名死者社会关系的深入调查、重点对举报杨礼权的多名同事做了询问，同时结合杨礼权反映的信息，锁定了两个重点嫌疑人，即贾德霖和许以婕。

贾德霖的犯罪动机主要是感情因素。他是死者孙筱音的前男友，后因为孙筱音出轨汪长波而分手，有理由怀疑贾德霖因爱生恨，对孙、汪实施了报复行为。但是经过进一步调查，证实了贾德霖没有作案时间。

基于感情这条线索，我们提出了第四个被害人或凶手为孙筱音前男友的假设。不过调查结果显示，与其存在过男女关系的14名男士均未失联，作为凶手的犯罪动机也不充分。

许以婕方面，她的犯罪动机为利益驱动。许以婕和孙筱音是直接的竞争关系，两人分别为逗虎直播和虎爪直播的负责人，这两个直播是搏虎科技"内部创业+内部赛马"的产物。

据了解，这种制度非常残酷，"赛马"失败的一方，公司不再追加投资，项目面临解散，资源还会被收编。同时，这种制度还有内部创业的成分，一旦项目失败，之前的投资自然也就打水漂了。而"赛马"胜出的一方，公司会追加投资，风投也将进场，届时项目负责人可以选择继续持有股权，也可以以最新的估值进行套现。此外，失败一方的资源还将被并过来。

毅行大会的数据非常庞大，对两家直播的影响不言而喻。前几届的直播方案用的都是虎爪直播，本届是第一次使用逗虎直播。但是，就在昨天晚上，逗虎直播的负责人许以婕临时通知组委会，主动把直播权让给了竞争对手。由此，许以婕成功走进了我们的视线。我们随即对她展开了调查，然而，通过多方了解，也基本解除了对她的怀疑。

听完马旭的汇报，束丽丽非常生气："这就是你们的调查结果？说了半天，敢情一点突破都没有。还把几条重要的线索都给堵死了。"

"也不能这样说，小马的工作还是有价值的。而且在有限的时间内追踪到这么多条线索，效率不算低。"林闯欲抑先扬，"但是，这也反映出一个问题，就是我们的工作开展要聚焦，方向要精准。要想在极短的时间内破获大案，必须学会冷静分析，找到寻常现场中的不寻常之处，并对此进行缜密的逻辑思考和推演，然后再集中优势力量，突破关键环节。打蛇打七寸，方向对了，自然能够一击即中。"

"明白，今天的工作强度确实比较大，兄弟们忙活了一整天，保不齐精神一恍惚，工作就出了疏忽。我马上安排做进一步核实。"马旭自我批评道。

"先等等，我们不能再全面撒网了，必须要找到关键突破口。我相信，基于目前已经掌握的情况，可以找到那个牵一发而动全身的线头……小丽，说说你这边的调查结果。"

"好的，林局。我找了毅行组委会帮忙，查阅了那批'互联网评论家'的资料，发现有一个硅谷来的科技作家失踪了。这人名叫胡汀阳，写过一本畅销书《再见，互联网》。我在网上查了一下，书中主要阐述的观点就是'互联网有罪论'，有点反科学。胡汀阳是本届'程序员巅峰论坛大会'的演讲嘉宾之一，因为今天发生的连环谋杀案，论坛被迫取消。但取消论坛的消息是发送到微信群的，并没有逐一通知嘉宾。当再次和胡汀阳联系时，发现他电话已经打不通了……目前我安排了两组人，一组去寻找胡汀阳的下落；另一组去调查他的详细资料。"

"你说失踪人的名字叫胡汀阳？"林闯诧异地问道。

"是的。"束丽丽好像也想到了什么，刚才只顾忙着调查，忽视了这个已经多年没听过的名字，经林闯这样一问，反倒想起来了，"该不会是他吧？这也太巧了。"

"胡汀阳是谁？"马旭问道。

"当时你还没调过来，可能不太清楚。大概9年前，东吴一中的教师家属楼发生大火，导致三人当场丧生，胡汀阳是嫌疑人之一。大火案仅仅过去一年半，本市又发生了一桩'除夕夜投毒案',一对富商夫妇除夕夜被人投毒致死,这两人就是胡汀阳的父母。"

"都跟他有关?怎么没抓起来?"

"第一起案子经过调查,认定为意外,排除了胡汀阳的嫌疑。第二起案子案发时,胡汀阳在国外读书,有充分的不在场证明。"林闯道,"时隔七年,他怎么又突然出现了?每次出现,都会给我们制造一系列的'惊喜'。"

"林局,还有一件有意思的事情,负责接待胡汀阳等海外毅行报名者和演讲嘉宾的,不是别人,正是许以婕。我想这应该不会是巧合吧。"

"没错。刚才我问过搏虎科技老总的看法,他提出了两点建议,同样指向了许以婕,以及那群'互联网评论家'。看来线索在此处汇到一块了。"林闯略带兴奋地道,"时间有限,我建议,其他线索先暂停调查,把精力重点锁定在胡汀阳和许以婕身上。其中对胡汀阳的调查,可以找省厅的郭强了解一下,当年那两起案子都是他负责的。"

"嗯,郭强我熟,我马上联系他。"束丽丽道。这个郭强是从市刑侦队走出去的,身材微胖,个头不高,反应迟钝,性格幽默,长相比实际年龄至少大五岁。只看他的样子,很难想象这是一个精通犯罪心理学的刑侦专家,更难猜出为什么市检察长的女儿会看上他。

会议接近尾声，领导已经开始拆解任务了，马旭却陷入困惑中。刚才被两个领导批评了一顿，他心中还有点委屈，但听完林局和束队的分析后，才发现自己的工作确实存在失职，不仅没有查到胡汀阳，就连许以婕也差点放过了。

可是，先不说胡汀阳，只说许以婕。许以婕是马旭亲自做的询问，后来还查了监控录像，也从她的同事那里做过侧面了解，都没有发现她有问题。现在领导把调查方向聚焦到许以婕身上，还要停了其他线索，会不会有点太冒险了呢？

林闯看出了马旭的疑惑，耐心地问道："小马，你有没有什么想说的？"

"哦，我认为是我们工作出了疏忽，没有调查清楚……"被领导看穿心思，马旭有点心虚。

"不，你不要有顾虑，大胆说出你的想法。记住，侦破方向比侦查执行重要得多。我们宁肯在办案思路上多花点时间，也不能在行动上盲目投入。方向的确定，是基于大量的、多方面的基础调查，以及严丝合缝的逻辑分析，我们掌握的信息越多，判断的准确性也就越高。"

"明白，林局。我想说的是，经过咱们这个会议，我深刻认识到我们的工作出现了疏忽，尤其是没有找到胡汀阳这条线。也正是这样，才让我对其他方面的调查结果同样产生了质疑。我在想，除了许以婕，是否还需要对杨礼权和贾德霖再进行一次核查？"

"哦，马旭一向很谨慎，也很有怀疑精神，但是说得直接一点,就是轴,死脑筋。"束丽丽没等林局回复,就抢先批评了马旭。

马旭挠挠头,尴尬地笑了笑。

"可以,但不能分配太多人手。"林闯没有全盘否定马旭的提议,但是他脑子里想的还是许以婕和胡汀阳,"对了,你们上午对许以婕进行过调查,你怎么看她?"

马旭刚想回答,又被束丽丽打断了:"林局,我觉得还是等马旭核实之后再作汇报吧。"

束丽丽这是在保护下属,前面刚承认工作出了疏忽,现在又要汇报……此时不管说什么,可信度都是大打折扣的。关键是,如果后面核实之后的结果和现在汇报的内容不一样,岂不是自己刨坑,还连跳两次?

"也行,要尽快。"林闯微笑着同意了,并安排了工作分工,"小丽重点跟进胡汀阳这条线,小马继续全面且深入调查许以婕。一有结果,立刻汇报。"

"收到,林局。"

散会后,束丽丽仍有些不放心,像个知心大姐一样又叮嘱了马旭几句,让他不要多想,不要有太多顾虑,鼓足士气,全力调查,早日破案才是刑警唯一要做的事情。在具体的工作开展中,要把精力重点放在许以婕身上,至于杨礼权和贾德霖的核实工作,可以着重查实他们是否有不在场证明,不在场证明是快速确定或排除嫌疑的首要因素。

马旭自然明白队长的苦口婆心,立刻投入到接下来的工作当中。他要用更加严谨细致的调查,以及对涉案信息明察秋毫的判别和梳理,尽快找到真凶。

第十五章
有罪推论

根据今天下午对许以婕的调查情况来看，马旭已经掌握了如下信息：

许以婕，1993年出生，本地人，爱好运动，尤其是拳击这样的对抗类运动，以及越野、攀岩等极限运动，每年都会进深山或沙漠体验为期两周的封闭式户外活动。她身材高挑、面容姣好，还是个学霸，基本上就是一个接近完美的女性。

2015年，她在东吴科技大学拿到心理学和计算机双学士学位，接着去美国攻读公共管理硕士，2017年回国，入职搏虎科技公司。她工作能力突出，同事们对她的评价也很高，仅仅5年时间，就做到了逗虎直播负责人。听说之前逗虎直播的发起人是主动让贤的，还把名下60%的股份低价转让给了她。

许以婕的家境殷实，父亲在国外从事研发工作，申请过十几项专利，母亲在科技局任职。因为两人聚少离多，两年前已协议离婚。父母感情的破裂，好像并没有给许以婕带来太大伤害，这可能跟她读过心理学有一定关系，自我调节能力比较强。不过许以婕自幼和父亲的感情深厚，远远胜过和母亲的关系，之所以没有去国外跟父亲团聚，是因为她的男朋友。

许以婕的男朋友，名叫柳化锋，是她在大学时期的校友，但比她小两届。2017年许以婕回国，柳化锋也大学毕业了，两个人是一同入职搏虎科技的。由此看来，他们的感情应该非常深厚。

案发当晚，许以婕和毅行组委会的几名高管，一同在东吴壹号商场4层的渔家灯火聚餐，饭后便直接打车回家。许以婕居住的小区，距离商场只有两公里。经过调取商场及小区周边监控，清晰地看到她在商场西门坐进了一辆黄色出租车，六分钟后车辆到达小区门口，许以婕从车里走了出来。

回到家后，许以婕就没有出过小区，直到今天早上6点多，她才打车前往毅行现场。逗虎直播地推人员、杨礼权等多人在毅行现场见过她。孙筱音和汪长波的尸体被发现后，她就紧急去公司开发专题，当时一起加班的有五六个人……

同时，专案组还查了她的通话记录和社交软件，发现昨晚除了跟杨礼权及男友打过电话外，她并没有和孙筱音、汪长波、陶纪宽三名被害人有过联系。给杨礼权打电话，沟通的是更改直播方案；给男朋友打电话，则是情侣间的正常通话。

综合来看，许以婕应该和疑犯扯不上关系，没有作案时间。但是现在那么多条线索都指向了她，更重要的是林局和束队长再三叮嘱，要把主要精力放在许以婕身上。马旭一度想不明白，到底是自己工作出了纰漏，还是领导们的侦办方向有问题？

所以，在刚才的会议上他才提出了质疑，不能把全部精力压在许以婕一个人身上。虽然领导觉得这是在浪费时间，好在还是支持了他的想法。

马旭挑选了两名同事，继续跟进杨礼权和贾德霖，重点是核实他们是否有不在场证明，同时又派人立即对许以婕进行24小时监控。不管她有没有问题，也不管她是凶手还是第四个被害人，先把人给盯住总归是错不了的。万一是自己的原因放走了领导重点交代的疑犯，那后果就不堪设想了。

重要且紧急的事情布置下去后，接下来就要好好分析，到底该从哪里切入对许以婕的调查。

假设许以婕是凶手，那么必须要满足以下四个条件：

第一，犯罪动机。

许以婕和虎爪直播存在直接竞争关系，而孙筱音、汪长波和陶纪宽都是虎爪直播的利益关联者。"内部赛马+内部创业"的机制有多残酷，胜出者获得的回报就有多优渥。谋财害命，是一个能说得通的犯罪动机。

但是，许以婕为什么要主动开发专题，还呼吁市民提供犯罪线索？不怕暴露自己吗？

第二，犯罪能力。

许以婕是运动达人，尤其擅长对抗性和极限运动，体能相对较好。同时，她又精通心理学、计算机和公共管理学，还合著出版过书籍。体能、情商、智商、文字表达能力都高于常人。

她有足够的能力写出打油诗和判词，肯定也比较熟悉直播后台的功能，可以轻松设置每隔913秒就发布一条评论的操作。但是，许以婕毕竟只是一个29岁的年轻女性，让她一夜之间完成对三名成年人的杀害、抛尸、毁灭证据，还是不太现实。

或许，她有同伙。那么同伙会是谁呢？最有可能的就是跟她感情非常好的男朋友。可是，昨晚她的男朋友柳化锋和其他同事一起在岱湖看守物资。后来突降大雨，组委会让守夜人员回家休息，不少人因为距离远，都去了住在岱湖周边的同事家过夜，柳化锋就是其中一个。他昨夜一直跟同事在一起。

第三，作案时间。

犯罪动机和犯罪能力都只能证明嫌疑是否存在，而作案时间才是关键性证据。犯罪动机再充分，犯罪能力再契合，嫌疑人只要拥有不在场证明，都是无法定罪的。

所以，如果许以婕是凶手的话，那么她昨晚就一定在岱湖出现过。更严谨一点，就是在被害人死亡时间——昨夜11点至今天凌晨1点30分之间，许以婕必须是和他们在一起的。

但是，这段时间许以婕正在家中睡觉。监控显示，许以婕是晚上11点3分到的小区，直到今天早上6点13分才出的小区。

另外，专案组通过天网系统，查了陶纪宽驾驶的那辆套牌车的所有行动轨迹，并没有在许以婕的小区出现过。许以婕也就不可能通过这辆车去岱湖。

第四，物证。

根据罗卡交换定律，两个物体只要接触，必然会发生转移现象。在犯罪现场，犯罪嫌疑人也一定会带走一些东西，亦会留下一些东西。

但是，通过对三处案发现场的勘查，以及对三具尸体、套牌车、铁丝、判词照片等的检验，都没有发现许以婕的指纹、血迹、毛发等线索。

许以婕的家中，也没有找到利刃、电击棍、漂白剂、深色帽子、雨衣、车钥匙、死者手机、钱包等涉案物品。

琢磨了半天，也没有理出什么头绪，马旭仿佛掉进了一个铜墙铁壁般的迷宫之中。这个迷宫密不透风、坚不可破，又漆黑一片，毫无方向。更让他感到沮丧的是，现在对许以婕的怀疑，有点像"有罪推论"，就是先假定某个人有罪，再去寻找证据，这有别于司法实践中"无罪推定"的原则。当然，"无罪推定"不是在刑事诉讼的全部阶段都适用，尤其在侦查阶段，应该没有一个国家会要求必须使用无罪推定，"宁可放走一千个罪犯，也不冤枉一个好人"。事实上，办案警察都是本着怀疑一切与案件有关人员的思路来进行破案的。

回到许以婕身上，既然她被锁定为"1024连环谋杀案"的重要嫌疑人，就要对其继续展开调查：

第一，现在不是没有找到许以婕的问题吗？那就扩大排查范围。首先，对许以婕小区周边商家、小区内的监控进行调取；再次走访该小区，查看小区有没有其他出入口，比如小门等；同时，向社区邻居、同一栋的居民了解情况，全方位调查许以婕昨晚有没有离开过小区。

第二，如果许以婕是凶手，那么一定会留下物证。专案组需要对许以婕的家中、公司再做一次取证工作。重点搜查垃圾桶、树丛等适合藏匿物证的地方。

第三，许以婕单独犯案的可能性不大，如果有同伙，她的男朋友柳化锋首当其冲。柳化锋昨夜是和宋力一起看守物资的，随后两人一起去了宋力在岱湖边上的别墅过夜。那么，就要对他俩进行详细询问，并调取别墅的监控录像。

第四，将焦点回归到三名死者身上，查实许以婕与死者之间的关联。具体包括昨晚三名死者的最后行踪、通话记录，以及那辆套牌车的行动轨迹等。

明确了调查方向后，马旭汲取了束队长的经验，觉得思想工作还是要做一做的。于是，他组织了一个简短的动员大会，强调案件的严重性、破案的紧迫性，同时指出工作中存在的一些可以克服的问题。然后他又告诉大家目前做的工作，以及接下来的工作都具有十分重大的意义，相信经过不懈的努力、全力的调查，还有缜密的分析，用不了多久就可以将凶手绳之以法。

第十六章
互联网评论家

岱湖这边，束丽丽很快就查到了胡汀阳的资料。

胡汀阳，中国国籍，今年27岁，高中就读于东吴一中，2013年"6·9一中家属楼大火案"的幸存者之一，也是重要嫌疑对象。解除嫌疑之后，他在家人的安排下到美国读书，然后就一直待在国外。出入境记录显示，这些年，胡汀阳仅回国两次。

第一次是因为他的父母被人投毒。案件发生在2015年2月18日晚上，也就是那年的除夕夜，胡汀阳父母在家中吃年夜饭时不幸中毒身亡。这个案子，到目前还是一个悬案。

第二次回国，就是这一次，他以"互联网评论家"的身份受邀参加毅行大会，并计划在"程序员巅峰论坛大会"发表讲话。

胡汀阳的父母是国内第一批互联网从业者，创办了盛世荣耀网络科技公司，即后来被称为东吴市互联网三巨头"WSB"中的"S"，业务覆盖门户网站、网络游戏、电子商务等多个领域，是最早在纳斯达克上市的互联网公司之一。胡汀阳父母，也因此登上了福布斯全球富豪榜。

但是两个创始人的突然离世，立刻打破了这家公司的权力平衡。因为生前并未对接班人作出安排，也没有相关制度保障，董事会很快就分裂为鲜明对垒的两大派系。双方无法妥协，且在董事会层面票数相同，导致在长达半年的时间里，都没有一个最高决策者。盛世荣耀公司的经营状况自然而然地急速恶化，股东们纷纷套现，最后因为虚假交易被纳斯达克强制退市。

很多人误以为胡汀阳的父母一定会给他留下大笔财产，其实不然。父母去世后，昔日笑脸相迎的叔叔阿姨们一下子翻脸成了凶神恶煞的"债主"。变卖了所有资产，胡汀阳还欠了一屁股债。

可能是受父母影响，胡汀阳从小就对电脑感兴趣，也颇有天赋。为了还钱，胡汀阳倒腾过域名，做过网站，开发过网络游戏，还写了一本畅销书《再见，互联网》，终于把债务还清了。

仔细研究过胡汀阳的资料后，专案组对他的看法有了一些改观。这样一个人，其实挺可怜，也挺可悲的。父母双双被人毒杀，案子至今没破，那么多亲朋好友，连一个嘘寒问暖的都没有，反而都在毫无人性地趁机得利。

但是，正因如此，胡汀阳的身体里，可能也积存着一种对命运不公的愤怒，对人情冷暖的仇恨。这种愤怒和仇恨，谁也不知道会不会转化为报复行为。

胡汀阳在2013年去海外读书后，九年时间只回过两次国，难道他这次回国，真的只是参加程序员毅行大会这么简单？还是另有所谋？所谋的是什么，会不会就是报复？

再结合他写的那本《再见，互联网》，当初就是因为内容太过敏感，才遭到了多家出版社的拒绝。胡汀阳的价值观，由此可见一斑。

还有，从案件本身来看，胡汀阳也是十分符合凶手画像的：身高、年龄都符合。三名死者的尸体遭到了异常凶残又极具仪式感的对待，凶手将作案时间特意选在1024程序员节。评论间隔时间和三具尸体的抛尸地点对应913。还有，能写出打油诗和判词。

那么,"1024连环谋杀案"会不会是一起随机杀人事件?胡汀阳因为从事互联网行业的父母被人害死,自己又不得不继续利用互联网赚钱还债,以至于他对互联网产生了一种敌视态度。当这一届程序员大会向他发出邀请时,他就开始预谋了这起连环杀人案。至于作案对象,他可能首选的是昨夜看守物资的那批人。那些人熟睡在人迹稀少的岱湖边上,数量多,又分散,顺利的话,一夜就可以杀掉多个人,最大化地完成报复行动。

但是昨夜突然下起了大雨,守夜人员全部撤出了岱湖,胡汀阳的计划也就泡汤了。正当他在岱湖周边溜达时,远远看到了南岸的孙筱音、汪长波和陶纪宽……

经过如此一番推测,即使还有疑点,但胡汀阳确实具有重大作案嫌疑。当务之急就是赶紧找到他。可是,专案组已经尽可能寻找他停留过的酒店及周边,目前还是没有找到他。

"林局,胡汀阳的资料比较容易收集,但是人就难找了。毅行组委会登记了所有海外来的报名者和嘉宾信息,其中就有电话、住宿地址等。根据这个信息,我们打了多次电话,都没人接听。同时,我们也去了胡汀阳的酒店,查了客人入住表,还调了大厅、前台、电梯口等多处监控,都没有发现他的身影。"束丽丽汇报道。

"会不会和其他人在一起?"

"我也想到了这一点,我们对几十名海外报名者和嘉宾一一做过核实,他们都没有见过胡汀阳。"

"郭强那边呢?"

"问过了，郭强提供了几个胡汀阳可能去的地方，也没找到。"

"还有一个人可能知道，许以婕。"

"哦，对，负责接待海外报名者和嘉宾的，正是许以婕，那份登记表也是她做的……我马上回警局。"

说完，束丽丽就准备出发。谁知刚坐上车，马旭那边就传来消息："许以婕认罪了！"

"林局，束队，许以婕对犯罪事实供认不讳。"马旭兴奋地道，但语气随之转向低沉，"只是，我们觉得有点蹊跷。"

"你详细说说。"

"嗯，我们今天的心情，就像过山车一样跌宕起伏。先是经过核实，彻底排除了杨礼权和贾德霖的嫌疑，他俩都有扎实的不在场证明。杨礼权楼下的邻居半夜听到他在阳台打电话。贾德霖昨晚因为没有收到杨礼权的聚餐邀请，心中不爽，找了其他几个站长一起喝酒，酒后又斗了一夜地主，据说还输了几十块钱。

"虽然他们的嫌疑被排除了，但是通过对贾德霖和杨礼权的调查，我们从中掌握了两条新的线索。

"首先是贾德霖。据贾德霖所述，在他和孙筱音相处的时候，时常听到孙筱音抱怨压力太大，为了这次毅行大会的直播，她甚至借了高利贷，没想到直播方案被更改了。如果抓不住这次机会，虎爪直播可能就要在公司的项目赛马中被淘汰了。然而前段时间，孙筱音的心情突然变好了，说很快就可以不用为钱发愁了，眼神中流露出一种幸灾乐祸，言谈举止还有点小人得志的猖狂。

"更奇怪的是，孙筱音好像已经知道，毅行大会的直播方案还会再改，最终一定会改回她的虎爪直播。所以，她没有停下那些专门应对本届赛事的功能开发，反倒让大家持续加班加点地迭代升级。事实证明，直播方案确实在距离开播不到十小时的时间里，改为了虎爪直播。"马旭汇报道。

"能够让孙筱音不再发愁的，应该只有打败竞争对手许以婕了。但是昨天夜里，距离大会不到十小时的时间里，许以婕居然给杨礼权打电话，主动要求更改直播方案。这个许以婕一定有事情隐瞒。"束丽丽分析道。

"没错，我们也是这样认为的。但许以婕坚称，她是不得已才提出更改方案的。而且昨晚聚餐结束后，她就没再见过孙筱音，连通话都没有……确实，我们查过她们的通话记录，包括社交软件、电子邮箱等，均没发现她们有过联系。

"这个时候杨礼权又向我们提供了重要线索。根据杨礼权的回忆，孙筱音在聚餐进行到快结束的时候，匆匆离开过一次。当时她是带着包一起出去的，杨礼权还以为她要回家。另外，还有一个细节。杨礼权因为要买单，是最后一个走出包厢的。当时大家都已经离场，唯独孙筱音没走，好像在等什么。后来她接到一个电话便起身离开了，连个招呼都没打。

"根据这两个细节，我们立即调取了渔家灯火、东吴壹号商场的监控录像。监控显示，孙筱音在昨晚10点37分离开'红运堂'

包厢，随后就出现在商场4层东南拐角的厕所附近。该处靠近电梯门口，而这个电梯直通地下停车场。10点39分，孙筱音打了一通电话，然后汪长波就坐电梯上来了。两个人没有任何交流，快速互换完东西就各自离开了。"

"他们互换的是什么？"

"监控画面有点模糊，猜测应该是车钥匙。"

"车钥匙？"

"对，这是一个重要信息。之前我们对车辆的调查，只锁定在陶纪宽驾驶的那辆套牌车上，而忽略了其他车辆。事实上，昨晚去渔家灯火聚餐的九名组委会成员，一共开了五辆车。当然，经过排查其余四辆都没问题，只在孙筱音座驾的行驶轨迹上发现了问题。"

"在许以婕的小区门口发现了孙筱音的车？"林闯推测道，"而且驾驶车辆的人是汪长波和陶纪宽，他们之所以去许以婕小区，是为了绑架她？"

马旭愣了一下，自己还没说，领导就已经全部猜到了。"嗯，果然还是林局厉害。"马旭这句话显然不全是奉承，但越是这种自然的反应、脱口而出的赞叹，越让人开心。林闯也不例外，露出了得意的笑容。

"我有点不太明白，孙筱音的车怎么会出现在许以婕的小区门口？"不知道束丽丽是真不明白还是假不明白，"马旭，你展开说说吧。"

"好的，根据杨礼权提供的线索，结合监控录像和三名死者之间的通话记录，我们大致可以把昨晚发生的事件还原一下：

"孙筱音、汪长波和陶纪宽相约在东吴壹号的目的，就是绑架许以婕。但是昨晚10点37分，距离组委会聚餐结束还有15分钟，孙筱音应该意识到在东吴壹号商场下手不合适。因为聚餐接近尾声的时候，大家极有可能会讨论如何回家，毕竟他们九个人只开了五辆车，且很多人都喝了酒。孙筱音应该已经得知，许以婕会和其他同事一起在楼下打车。

"于是，孙筱音临时决定更改绑架地点。她在10点37分离开包厢，并在10点39分给汪长波打了电话，两个人在商场4层东南角交换了车钥匙。汪长波和陶纪宽驾驶孙筱音的红色SUV，前往许以婕居住的兴华悦城小区门口，等待目标人物的出现。

"许以婕在11点3分乘出租车到达兴华悦城，随后进入小区，在步入自己楼栋的路上，被提前躲在监控死角的汪长波叫住了。对于曾经的下属，许以婕没有太多防备，应声朝着汪长波的方向走去。

"待目标人物走到目标区域后，经验丰富的陶纪宽立即从背后用喷有麻醉药物的毛巾捂住了许以婕的口鼻。接着两人快速给她换了外套、戴上帽子，装作喝醉酒的样子，搀扶着她通过小门离开了兴华悦城。

"整个过程十分顺利，避开了主要监控，也没有引起路人的注意。上车后，汪长波就给孙筱音打了电话，从通话记录来看，当时是11点7分。通话内容应该是,告诉对方这边一切顺利,约定碰面地点后就出发去了岱湖。孙筱音11点7分接到电话,11点9分来到地下停车场,驾驶那辆套牌车赶往案发现场。

"以上的推测,与三名被害人的通话记录、监控上的时间节点全部吻合。"

"也就是说,他们四人是分乘两辆车去的岱湖,汪长波、陶纪宽和许以婕开的是孙筱音的车,而孙筱音开的是陶纪宽的车。"

"是的,这有点拗口,但确实如此。我们又仔细调取了天眼系统,在许以婕居住的兴华悦城附近,发现了孙筱音的红色SUV。另外,在去岱湖的主路上同样发现了这辆车。准确来说,红色SUV是在晚上11点38分进入岱湖主路的,而黑色套牌车是在11点40分到达的。前后相差不过2分钟。"

"那么孙筱音、汪长波和陶纪宽为什么要绑架许以婕?为什么被绑架者安然无恙,绑匪却惨遭杀害?还有,许以婕怎么就突然认罪了?"束丽丽连续问了三个问题。

"你现在回局里一趟,这里我盯着。"林闯对束丽丽说,"视频会议软件不要关,边走边说吧。"

"好的,林局。"束丽丽坐上一辆警车,即刻返回警局。

第十七章
反杀

警车急速驶向市刑警队，束丽丽坐在后排，继续开着视频会议："马旭，你接着讲吧。"

"好的。根据许以婕的供述，昨晚11点钟，她在自己的小区被汪长波喊住，走过去时突然遭到陶纪宽的袭击，随后就丧失了意识。再次醒来的时候，她已经坐在开往岱湖的车上了。车辆由汪长波驾驶，陶纪宽坐在后排用刀挟持她。她不敢反抗，问为什么绑架她，陶纪宽说到地方就知道了，还让她老实配合，并表示不会伤害她。

"11点27分，为了不让家人担心，陶纪宽命令许以婕给男友发信息，说自己临时去岱湖加班，可能要晚点回家，让他早点休息，安全起见，还以手机没电为由把手机关机了。

"11点50分左右，车辆在一个偏僻的地方停了下来。该处没有路灯，一片黑暗，四周见不到任何车辆和行人。一开始许以婕不能确定具体位置，不过后来，她知道那里是岱湖南岸，距离岱湖主路大概三公里左右。车刚停好，孙筱音就驾驶另一辆汽车赶来了。

"接下来，就是案件的主要部分了。

"首先，陶纪宽、汪长波和孙筱音三人，强行给许以婕拍摄了裸照。陶纪宽全程持刀威逼，孙筱音配合脱掉许以婕的衣服，汪长波用拍立得拍下照片。

"拍摄照片的目的，是让许以婕主动放弃明天的大会直播，并给了她一个月的时间，让她解散逗虎直播，不然就把裸照公布出去。

"整个过程中,孙筱音和汪长波都非常害怕,为此被陶纪宽骂了好几次。拍摄完成后,孙筱音安慰了许以婕,说自己也是被逼无奈,只要许以婕答应他们的要求,就一定不会把裸照发布出去。

"12点15分左右,被胁迫的许以婕给杨礼权打了电话,以一个看上去非常合理的借口,放弃了毅行大会的官方唯一直播权。"

"这些都是许以婕说的吗?"林闯问道。

"是的。根据许以婕提供的线索,我们已经找到了孙筱音的车。另外,许以婕提供的案发地点,我们也对接给现勘组的同事了。"

"这也证明不了许以婕有没有撒谎。"

"她还提供了自己的裸照。从照片的拍摄角度以及表情反应来看,应该是被人胁迫的。"

"唉,同事之间搞成这样……"束丽丽叹了一口气,"你接着说吧。"

"好的。许以婕在12点15分通知杨礼权无法承接明天的大会直播,杨礼权在12点18分就紧急给孙筱音打来电话沟通直播的事情了。

"如果事情发展到这里就结束,也不会有后来的三条人命了。就在大家准备回去的时候,陶纪宽对面容姣好的许以婕动起了歪心思。他把孙筱音和汪长波支开,然后将许以婕单独带到那辆套牌车后排,企图实施强奸……

"然后整个案件就开始了大反转。据许以婕供述，在陶纪宽进行强奸的时候，她不小心拿到了陶的匕首，接着发起了一系列的复仇行动。许以婕先用刀捅了陶纪宽腹部数刀，汪长波听到打斗声，透过后车窗玻璃查看，被许以婕从车内使劲踹门，门框正巧碰到汪的左侧颞部，他当场晕倒。孙筱音见势不妙，转身逃跑，但还是被许以婕驾驶套牌车撞倒了。

"这个时候陶纪宽、汪长波和孙筱音三人虽然都受了伤，且无力反抗，但尚未危及生命。而愤怒中的许以婕，并没有停止疯狂的复仇……"

"许以婕只是一个29岁的女性，就算懂点儿拳击，要连续杀害三名成年人，也不是一件容易的事。"

"是的。事实上，许以婕对作案过程的描述不够细致，存在很多漏洞。还有案件涉及的物证，我们根据她提供的线索，只在东吴壹号停车场发现了孙筱音的汽车。其他如匕首、拍立得相机、漂白剂、电击棍、三名死者的随身物品等，都没有找到。"

"那么，她为什么认罪呢？她有没有供出其他同伙？"

"当我们查到孙筱音的车出现在许以婕的小区之后，就立刻对兴华悦城展开了全面深入的调查，终于在小区南门一家药店的监控里发现了陶纪宽和汪长波挟持许以婕的画面。然后，在黄山路和九华山路交叉口，看到他们三人上了那辆红色SUV，随后于11点38分在岱湖主路又看到了这辆车。

"面对这些事实，许以婕才认了罪。但是她没有供出其他犯罪同伙。我们对她的男朋友柳化锋进行了调查，证实昨天晚上他和一名叫宋力的同事，一起在12号站点看守物资。组委会让守夜人员回家休息时，两人就一同去了宋力家的别墅过夜。我们又调取了别墅内部的网络监控，没有发现他们半夜溜出去过。"

"那胡汀阳呢？"

"许以婕表示不认识胡汀阳。对于登记表中胡汀阳的住宿地址和联系方式，许以婕也说没有作假，都是按照胡汀阳提供的信息如实记录的。"

"打油诗上说会有四人遇害，但现在只发现了三人，对此许以婕如何解释？"

"许以婕说，第四个人，就是她自己！"

"这个解释显然有点牵强附会，许以婕一定有事隐瞒。但是如果我们没掌握充足的证据，看样子她是不会主动透露更多信息的。"林闯揣测道。

"林局，我马上到警局了。我会再审一遍许以婕，一有结果立刻向您汇报。"

"好，警局那边就交给你们了。"

束丽丽到警局向马旭等人了解了详细情况，查看询问笔录后，就把许以婕从询问室带到了审讯室。

"我们是东吴市刑警队的民警，现在依法对你进行讯问。你应当实事求是地回答我们的提问，对与案件无关的问题，你可以拒绝回答，不要讲假话，做伪证。你有权利核对讯问笔录，对笔录记载有误或遗漏之处，可以提出更正或补充意见。依据《刑事诉讼法》有关规定，请你仔细阅读《犯罪嫌疑人诉讼权利义务告知书》……"

询问的话还没说完，许以婕就呛声道："两位警官同志，该说的我都已经说完了，我不想再重复一遍。如果你们想了解更多情况，就找我的律师谈吧。"

"请端正你的态度，积极配合警方调查，争取宽大处理。现在是给你机会，等我们调查清楚了，你的性质可就严重了。"讯问策略会根据犯罪嫌疑人的心理特征而灵活制定，面对许以婕这种态度，民警试图通过"示假引真、攻心夺气"的方法，瓦解她对抗讯问的意志。

但这招好像对许以婕不起作用，她问道："怎么，我没有权利委托辩护人吗？如果你不清楚，请你回去翻翻刑诉法的第34条。"

民警连续被许以婕怼了两次，此刻有点羞愤，刚要回应，就被束丽丽止住了。

"许女士果然是高才生，不仅了解刑诉法，还能准确说出第几条。是的，犯罪嫌疑人自被侦查机关第一次讯问或采取强制措施之日起，就可以委托律师作为辩护人……但是，我想有些话，你应该会选择亲自告诉我们吧？"

"哦，是吗？说来听听，我怎么不知道我要告诉你们什么？"许以婕看了一眼身后的时钟，饶有兴致地反问道。

讯问是一场充满对抗性的面对面的"心理战",束丽丽发现单靠法律的威慑力,是难以攻克这个有着心理学背景的高才生的,于是快速转变了讯问策略。没想到,这招"投石问路",真的引起了许以婕的兴趣。

"基于你之前提供的线索,我们作了调查和取证,目前已经基本可以确定,你是在遭到孙筱音、汪长波和陶纪宽三人挟持的情况下,对其展开报复行为的。"说到这里,束丽丽看到许以婕狠狠地咬住嘴唇,浑身颤抖,终于没有忍住,两行泪水滑过了那冰清玉洁的脸颊。

束丽丽没有停下安抚她,继续道:"但是,对于作案细节、物证丢弃地点,你的描述中存在大量不详之处,甚至有些内容自相矛盾,或充满漏洞。另外,从孙筱音和杨礼权最后一次通话的12点18分,到你驾驶孙筱音的车驶出岱湖南岸的3点9分,短短不到三个小时的时间里,你应该很难独自完成连杀三人、抛尸、写诗、清理现场等操作吧?何况还是在大雨滂沱的夜晚……你现在是不是被人威逼,不敢说真话?你要相信我们,尽快把真实情况说出来,跟警方合作,才是保证你安全的唯一方法。"

"我……"许以婕哽咽了,忍不住放声痛哭。待情绪平静下来后,她又恢复了冷漠的表情:"我之前所说的一切,都是事实。人是我一个人杀的,跟其他人没有任何关系。"说完,她又忍不住转身看了一眼挂在审讯室的时钟。

"你是在等待什么吧?从你进审讯室到现在已经不自觉地看了

多次时钟。如果我没猜错的话，你等的人，就是胡汀阳？"

"不，不，不是他，怎么可能是他？我根本就不认识他。"许以婕慌张地道。

"你现在之所以不配合警方，其实是在拖延时间，你是要给胡汀阳争取时间让他潜逃？而你自己没有逃走，说明真正的杀人凶手并不是你，而是胡汀阳！对不对？"

"不对，我不知道你们在胡说什么，我完全听不懂。我现在不会再多说一句话，你们如果还有问题，就找我的辩护人吧！"

第十八章
绝笔信

从审讯室出来后，束丽丽第一时间就把讯问结果汇报给了林闯。林闯认同了束丽丽的推测，立刻与出入境管理局和机场方面沟通，查看是否有胡汀阳的离境记录。

其实，早在上午凶案发生的时候，警方就已经知会了机场、铁路、客运、高速等部门，请求升级安保工作，对可疑人员加强盘问。后来，专案组又把毅行报名者名单、组委会名单和搏虎科技公司的员工名单，对接给了各交通部门。所以，查询胡汀阳是否出境，并不是一件难事。

然而，查询的结果还没出来，胡汀阳就自己冒出来了。

就在刚才，搏虎科技的全体员工都收到了一封以孙筱音账号发送的内部邮件。打开一看，原来是胡汀阳的万字认罪书。搏虎科技的老板王铮鸣立马将邮件转发给了林闯。

这是一封名为"我的认罪书_胡汀阳_20221024"的邮件，内容如下：

大家好，我是胡汀阳。

很抱歉让你们收到这封邮件。

杀人犯用被害人的邮箱，给她的同事，亦即诸位，群发了这封认罪书，应该会让人感到有些不适吧。

另外，鉴于信件中不可避免地会包含大量暴力描述，如果你对这些内容的承受力有限，那么请立即停止阅读，并将它彻底删除。权当这件事没有发生过。

我很羡慕你们还有选择的权利。此刻的我，只能默默写下这封邮件——我不太想把它理解为认罪书，虽然它真的就是认罪书。然后我将以自焚的形式，为我这悲惨、短暂又罪孽深重的一生——如果27年也算一生的话——画上一个戛然而止、荒诞不经又无可奈何的句号。

你可能以为即将畏罪自杀的我，现在已经是悔恨不已，泪流满面。其实，此刻的我，更大的感受是前所未有的轻松，你不会明白一个犯下滔天罪行的人，活得有多煎熬。从九年前第一次杀人起，我就整天活在担惊受怕之中，惶惶不可终日。心中有了郁结又无处宣泄，那种感觉真是生不如死。不过，今天我终于卸下了这个生命不能承受的重量，我想我可以睡个好觉了。

故事要从九年前讲起。2013年的6月9日，也就是高考后的次日晚上，我、柳洁、柏建，还有他们的父母一共五人，在家中庆祝高考结束。

一开始晚宴的氛围还很愉悦，大家一边吃饭，一边商量着度假的事情。我的心情除了高考后的那种畅快外，还多了一些悸动和期待。因为今晚，柳洁将对我之前的告白给出正式回应。我已经暗恋了她很久，我知道她也喜欢我，否则她就不会接受我写给她的几十封情书了，还说今天晚上给我答复。

是的，这是一段俗套且悲伤的剧情。柳洁所说的答复,是以一个让我无地自容的暗示进行的。晚饭时,她故意和柏建靠得很近,彼此夹菜,相互喂食,更气愤的是,两个家长居然视若无睹,好像默许了他们的关系。

他们四个就像之前串通好的,有心让我难堪。我实在待不下去了,找个借口就出去了。见我离开,他们简直是喜出望外,为他们良苦用心的暗示起到作用而欣喜若狂。柳洁和柏建站起身来,手挽着手,一起把我送到门外。

忘了我是怎么出来的,只记得当时我在小区的长廊里坐了很久,越想越羞恼。时间一分一秒地流逝,我的心情也平复了很多。正当我要离开的时候,发现我的背包忘在了沙发上。于是,我只能厚着脸皮回去取包。

门一打开,原本热闹温馨的家庭气氛,一下子变得异常尴尬。他们赶忙调整情绪,故作自然,假装好心地问我有没有事,还说柏建怕我出事,刚刚下去找我了。

拿过包,我就要离开。这时柳洁把我喊到了房间,小心翼翼地把我写给她的情书悉数还给了我,然后又虚情假意地安慰了我半天,说情书这件事她没有告诉任何人,还信誓旦旦地承诺,以后一定帮我介绍更优秀的女孩子。

我不争气地想哭出声来,但在眼泪掉下的最后一秒,我冲进了卫生间。他们也很知趣地躲在各自的房间,当作没看见。我在厕所里把情书通通撕掉,用马桶冲走,然后洗了把脸,准备潇洒离开。当我路过厨房的时候,不知道是哪根筋出了问题，我竟然拧开了燃气阀，并关上了窗户。

柳洁的父亲晚上喝了不少酒，平时又喜欢抽烟。厨房是他的主要据点，他习惯一边打开抽油烟机，一边吸烟。

那声巨响传来的时候，我已经徘徊半晌，最终慢慢走到小区大门口。半晌，我才意识到事情搞大了，一时心情复杂，既悔恨，又害怕，呆呆站在原地，动弹不了。

后来，我隐约记得柏建冲上来，打了我几拳，然后警察又找我问了话。幸亏我妈妈及时赶来，还带着一个知名律师。在他们的运作下，导致三人丧生的"6·9一中家属楼大火案"被判定为意外事故。柏建虽然对我有猜疑，但他只知道我是在他之前下楼的，并不清楚我后来又回来了。而且，柳洁父亲在厨房抽烟的事情，不止一次被大家警告会有安全隐患。慢慢地，他也就接受了这个"事实"。

那天的事故发生后，我父母很快就把我送到了国外。

本以为他们会狠狠揍我一顿，起码也要好好训斥一番，但是这件事对他们来说，好像并不是什么大事。也对，他们向来如此，从小对我的教育就是放任散养，捅了再大的娄子，也能收拾得干干净净。

出国前的最后一顿饭，他们也没有正常家长的那种依依不舍或语重心长，有的只是解决麻烦后的如释重负，和对解决问题能力的自我陶醉。母亲说，这边的事情已经处理好了，你在国外好好念书，不要胡思乱想，男孩子嘛，心理素质一定要好。父亲没有太多话，只是淡淡地说，国外的房子和车子都是现成的，学校也安排好了，没准儿过段时间公司还会在那边成立研发部。

彼时，他们的事业如日中天，旗下的盛世荣耀网络科技公司，经过二十多年的商海沉浮，迎来了第二波的高光时刻。

其实他们一路走来，可谓处处艰辛，步步坎坷。20世纪90年代，中国互联网刚刚兴起，很多人都持观望态度，不知道这片水域到底是蓝海还是万丈深渊，我的父亲就义无反顾地投身其中，成为最早从事互联网行业的那批冒险家之一。

一开始做的是门户、BBS，流量很大，却不挣钱，不幸又遭遇2000年的互联网泡沫，公司差点破产。随后他改变了烧钱的经营模式，发现网络游戏来钱快，就从国外代理了几款火爆网游，成功赚到了第一桶金。

2003年"非典"暴发，大家不敢出门，网络游戏行业得到快速发展。同时，他意识到电子商务将是未来的大势所趋，遂不顾多位股东的反对，毅然成立了电商部门。

但电商项目是个无底洞，上千万的投资连个水花都没看到，这对于习惯挣快钱的公司来说，投入产出比实在是太低了。好在当时平台框架已经搭好，业务模式也已走通，从游戏业务又导入了不少流量，还是卖了一个好价钱。

随着《超级女声》等选秀节目的火爆，"芙蓉姐姐"等最早一批网络红人的蹿红，公司又开拓了视频和SNS（社交网络软件）两个业务方向。不过，因为视频网站对服务器、带宽的要求特别高，同样是一个需要砸钱的领域，所以，最后坚持了一年左右便转手卖掉了。

SNS业务就不同了，公司最早就是做门户和BBS起家的，具有天然的社交属性，再做起SNS来也算得心应手，玩法都是万变不离其宗。仅仅两年时间，注册用户就突破了5000万，月独立用户超过1000万。

通过和网游业务的捆绑，公司挣得盆满钵满，虽然不缺钱，但还是跟几家国际知名创投机构签订了投资协议。

2007年接受投资机构的建议，重新成立电商、视频两个部门，锣鼓喧天地造势了大半年，也没研发出什么实质性的产品。不过年底，公司成功在纳斯达克敲钟上市。这时，大家才明白，重启电商和视频项目，原来只是为了把市值做得大一些。

上市之后，公司一时风头无两。通过各种收购、投资、战略合作，盛世荣耀网络科技公司的商业版图越来越大，尤其在网络游戏行业，绝对是中国的No.1。

2010年，iPhone4发布，摘下了诺基亚机王的桂冠，手机开始进入全新时代。很多创业公司乘着智能手机之风扶摇直上。但可能是好日子过得太舒服，又或者是船大难调头，盛世荣耀公司在移动互联网的转型浪潮中，反应有点迟缓。

当时公司的三大战略是：拓展海外市场、加强游戏自主研发能力以及SNS的平台开放。这三个方向，要么是继续攻城略地，抢占更大市场份额；要么是巩固护城河，增强自身的核心竞争力；要么就是名为开放共赢，实则是为了让更多人为自己贡献力量。相对于这些宏大布局，谁又能看得上手机那小小的一块屏幕呢？

然而，形势很快发生了转变，2011年1月一款专为智能手机量身定做的通讯软件横空出世，它就是微信iOS1.0测试版，到2011年年底，微信用户已超5000万。随后，快手、滴滴、今日头条等日后成长为独角兽的超级应用相继问世。

这个时候，盛世荣耀公司才明白什么是"时代淘汰你，与你无关"，于是赶紧调整方向，加速弥补移动领域的短板。团队转型太慢，阻力又大，就重金从别的公司挖人，一挖就是一个团队，整个项目组都给端走了。觉得还是不过瘾，后来又直接收购了几个移动App。

经过那两年的疯狂追赶，终于算是成功搭上了移动互联网的末班车。2013年6月，我准备出国时，公司的市值又回到了历史最高点。

时代的潮流浩浩荡荡，顺之者昌，逆之者亡。有过移动互联网的这次经验教训，我的父母做事更加顺势而为，或者说是投机钻营。他们单独成立一个部门，什么都不干，整天就是分析市面上那些增长过快的应用软件。直到他们遭人投毒时，好像都没再错过任何风口。公司2013年年底投资了外卖和打车软件，2014年投资了短视频行业，2015年初还准备投资共享单车。可惜那一年的2月18日，他们永远离开了。他们没有被市场打败，却被小人暗算了。他们生前风风光光，死后却遭人落井下石，趁机谋利。

一直以来，我都觉得自己和父母之间是没有什么感情的。没想到，不知不觉写了这么多他们的往事。

可能你们会以为，我杀人的动机是出于对互联网的憎恨。

首先，我的父母死在了互联网的恶性竞争中。凶手虽然还没找到，但我实在想不出还有谁会杀害他们，又有谁具备这个实力杀害他们并成功逃脱。说来真是讽刺，我的父母通过资本的力量，帮我摆平了"6·9大火案"，而仅仅不到两年，他们就同样沦为资本逐利的牺牲品。

其次，我父母死后，我还要拼命还债。身价上百亿的亲生父母被人毒死后，没有给我留下任何遗产，也没有让我起码过得衣食无忧，他们留下的只有大笔的糊涂账和层出不穷的麻烦事。受到他们影响，我从小对计算机很感兴趣，上学的时候就独立研发过好几款产品。没想到我的这项技能，主要的价值是还债。

我可以用法律的武器，甚至是无赖的态度来对抗那些嗜血的投资机构，但是我不能对昔日确确实实帮助过我们的亲戚朋友冷酷无情，他们想拿回自己的养老金和棺材本，我觉得无可厚非。于是，我只能拼命挣钱，把除了祖屋之外的资产全部处理掉，用来补偿他们。

还有，我还写了一本书《再见，互联网》，把我这些年对互联网的"仇恨"一五一十地记录下来。有人说，这本书还不如叫"互联网忏悔录"，或者"互联网十宗罪"。因为它完整记录了互联网各个阶段的不同问题，比如初兴期的抄袭copy、发展期的野蛮生长、成熟期的恶性竞争等。整本书宣导的都是科技有罪论，一点儿都看不到正能量的部分。

所以，我的作案动机便是，因为自己和家庭都遭到了互联网的迫害，于是产生了想要报复的变态心理，以连杀三人的方式进行泄愤。

没错，我确实在1024程序员节行凶现场杀了三个人，又按照913的规律抛尸（想必你们已经发现了这条线索），还把陶纪宽的尸体扔在篆刻着"程序员精神"的石碑之下。

但是，说出来你们可能不会相信，我并不怨恨互联网。互联网只是时代的一个产物，对我父母来说，它就是一个创业的平台；对我而言，它也不过是一份养活自己的工作。仅此而已。对它我不仅不怨恨，反而还有一些感情。我写《再见，互联网》的初衷是希望把问题反映出来，促使它往好的方面发展。但很奇怪，自这本书出版以来，国外和国内完全是两种风评。国外认为它确实披露了一些真实存在的问题，还把这本书说成振聋发聩、针砭时弊、振臂一呼等；而国内的评价基本就是"作者心理太阴暗，只看到问题，看不到好的方面""如果不是互联网行业的从业者，根本没有必要购买这本书""没有什么新鲜内容，都是些老生常谈的东西，不值一读"……他们好像听不了不同的声音，也看不了别人比他们优秀。

我没有老外读者说的那么崇高，我写书，主要还是为了赚钱。另外，这本书的百万销量，也反证了它没有国内读者所说的那样不堪。

既然不是在仇恨、报复、泄愤这样的动机主导下实施的犯罪，作案手段又那么凶残、社会危害性那么巨大，那么你们肯定以为我杀人，是因为我有什么精神障碍或心理疾病吧？我知道，大多数人都会有一个刻板印象，就是"杀人犯都有精神病"。

其实，九年前的"6·9大火案"之后，我也一度怀疑自己精神是否出了问题。那可是三条人命啊！况且他们还对我有恩，待我如家人一般。我和柳洁又是从小一起长大的邻居、同学和朋友。打小我就习惯保护她，替她出头，就算她不喜欢我，我也不能干出这种事。我一定脑子有病，要不然就心理有病。不管哪里，我总归是有病的。

到了国外之后，我听从妈妈的话——男人嘛，心理素质一定要好。我挥霍金钱，挥霍身体，通过美女和酒精来麻痹自己，我晚上不敢一个人睡，我喜欢参加各式各样的派对……这种纸醉金迷、灯红酒绿、奢侈无度的生活，确实让我感到快乐。但是，越快乐，我就越不幸福，越觉得心里有个黑洞，而且每天都在变大。后来我才明白，快乐绝对不等于幸福，幸福是有意义的快乐。没有意义的快乐，只能是堕落。

于是，我要活得有意义，我开始向贫困地区捐款，我知道需要帮助的其实不是他们，而是我自己。我咨询心理医生，我学习瑜伽和冥想，以求自我对话，自我和解。我甚至研究了佛教和道教，不是为了信仰，也不是为了提升自己的精神境界，只是为了赎罪。

在那不到两年的时间里，我退了学，搬了家，一次都没回过国。直到2015年的2月18日，我接到电话，说父母被人毒死了。这一噩耗彻底打破了我好不容易构建起来的宁静生活，我发现以前所谓的自我和解，其实就是谎言和笑话。

我想要找到杀害父母的凶手，我要为他们报仇，我带刀冲进了公司，却被保安轰了出去。我悄悄尾随公司高管，又被警察抓到了派出所。从派出所出来后，我依然没有放弃，反而变本加厉，谋划着如何把他们全部杀掉。可就在我准备行动的时候，他们率先把我约了出来，先是假惺惺地说我误会他们了，见我无动于衷，干脆撕掉虚假面具，威胁我说如果再不知好歹，就会让我死得很难看。看到他们终于露出了狐狸尾巴，我拿起早就准备好的匕首，直接刺向了他们。毕竟双拳难敌四手，最后我还是没有得逞。

可能他们尚存一点良知，没有报警，但我持刀行凶的整个过程都被他们拍下了。他们让我老实待在国外，如果再有歹心，一定会把我送进监狱。

到了国外，他们强行将我弄进了心理疾病康复中心。其实，之前我就接触过学校的心理咨询，还做过测试，我的人格是没有问题的。我也研究过犯罪心理学，知道犯罪人是分为两大类的，即有危险人格的犯罪人和有危险心结的犯罪人。前者是因为人格问题而导致其对他人或社会实施的重复威胁或持续伤害。这类人的存在和生活，就是与犯罪为伍，以犯罪为生。但是这种人格犯罪的比例，只占实际犯罪人总数的40%。另外60%，都是人格正常的，他们犯罪常常具有显而易见的刺激源问题。

我这样一个精神正常的人，居然在心理康复中心被治疗了三个月。出院后，我觉得整个人都不好了，成天郁郁寡欢，对一切事物都提不起兴趣，经常不由自主地傻笑，又莫名其妙地流泪。我身上的戾气不见了，变得多愁善感，患得患失，甚至主动承担了父母遗留的债务，变卖家产用来还债。

我猜，那些人是故意想让我变疯，并用巨额债务将我捆绑，这样我就没有时间和能力去反抗，对他们也就构不成威胁了。

意识到这一点，我决定自我救助。我选修了心理学的课程，购买了大量心理学、神经科学等方面的书籍。我开始运动健身，释放体内的内啡肽和多巴胺，让心情变得愉悦。渐渐地，我的生活再次恢复了平静。

只是，我还是会经常做噩梦，梦到柳洁，梦到我的父母。在梦中，一直有个声音不停地低诉：你的父母是在替你赎罪。

所以，我更加不敢回国。从2015年到2022年，这七年时间，我没再回去过一次。

这一次回国，也是被逼无奈。老家的祖屋要拆迁，已经催了我好几次，恰巧我又收到程序员大会的邀请。搏虎科技的老板王铮鸣，之前在我的图书出版上帮了不少忙，这次他们办活动，我也不好意思拒绝。

本来想着这应该是我最后一次回国了，祖屋的事情处理好，我在国内就彻底没了念想，以后都不必再回去了。

没想到，得偿所愿，这次真的成了我最后一次回国……

昨天下午，我终于回到了阔别七年的祖国。在从机场开往搏虎科技公司的路上，我不断惊叹于国内的飞速发展。到公司后，我见了不少同样从国外回来的工程师。负责接待我们的是一位漂亮又专业的女士，她跟我们聊了很多，分享了国内互联网的现状。她知道我写过《再见，互联网》，还提前准备了几本书让我签名。短暂的几句交流后，我知道了她叫许以婕。

晚上，我没有去酒店住宿，而是临时起意，回到了位于岱湖南岸的老家祖屋。这个充满各种复杂记忆的故土，现在变得破败不堪，就连出租车都不愿意开进去，在一公里以外的地方就把我放下来了。

通往村庄的道路上，看不到旖旎的自然风光，袅袅升起的炊烟；听不到池旁洗衣的农妇们快活的闲谈，顽皮小孩你追我赶的打闹声；也闻不到小路两边庄稼、蔬菜、果木的清香，以及随风飘来的饭菜的香味。

灰黄的天空下，这片土地好像睡着了似的，安静、荒芜、神秘、了无生机。

走进萧索的荒村，斑驳的墙壁上画着大大的"拆"字，多处已经楼倒屋塌，砖块石渣散落满地。几株镌刻着岁月伤痕的老树，在风中摇摇欲坠。处处给人一种疮痍满目、伤痕累累的感觉。

推开结满蜘蛛网的大门，穿过杂草丛生的院子，我终于进了这魂牵梦绕的老房子。

房子虽老，好在父母在世时偶尔会回来住，七年前还做过一次大改造，家具家电一应俱全。彻彻底底打扫了两个多小时后，我就住进去了。

可能是时差原因，也可能是睹物思人，总之我在床上躺了很久，也没能入睡。我从床上起来，把程序员论坛峰会的演讲稿又校对了一遍。透过被擦得干干净净的窗户，我看到了远处一栋栋灯火通明的精致别墅。虽然建筑风格有点半土不洋，简单粗暴地将东、西方两种元素堆砌在一起，显得沉稳有余、活泼不足，但我还是决定走出去看一看。

在湖水的映照下，那一排别墅群更显金碧辉煌、雍容华贵。可能忙碌的人们早已忘记，十几年前，那里还是一望无际的农田，如今都变成了钢筋水泥。

一个人在漆黑的小路闲逛着，不知不觉已经走到了岱湖边上。坐在岸边堤坝上，一幕幕往事浮现在脑海中……

暴雨下得让人猝不及防，我正要起身离开，隐约听到一个女人惊恐而愤怒的声音。声音有点熟悉，我悄悄靠近，仔细观察，分辨出应该是下午有过一面之缘的许以婕。

起初我没打算管闲事，可是当我在许以婕的求救声中听到了哭泣、歇斯底里、绝望，还有屈辱时，我毅然决然地走向了他们。

就像我前面说过的，犯罪人可以分为两大类，一类有危险人格，占40%；另一类有危险心结，占60%。危险人格就是脑子有病，进而产生犯罪行为；危险心结则是由于在现实生活中受到了某些不良刺激，才产生犯罪行为。我的人格没有问题，我相信但凡一个有良知、有血性的男人，遇到这种紧急情况，都会做出和我一样的决定。

你们可能觉得奇怪，为什么我一个将死之人，非要纠结自己是否有心理疾病？反正横竖都是死，还费这么大口舌解释干什么呢？这里我要引用一位思想家的话：当法院判一个人有罪，别人都为他感到可惜的时候，只有哲学家明白，这是法官对他的尊重，因为法官是把他当成有理性的人看待的。

那么，我这个有理性的人，就来讲讲到底是如何行侠仗义、替天行道的吧。

当我赶到现场的时候，看到两辆汽车，一辆红色SUV，还有一辆黑色轿车。红色SUV上坐着一男一女，男的戴着一副眼镜，女的头发微微有些卷曲。他们表情激动，好像在争吵什么。而黑色轿车正在激烈抖颤，车里传出一个男人急促的喘气声和女人"唔，唔，唔……"的挣扎声，声音应该是从被捂住的嘴里发出的。

不用猜也知道他们在干什么，我的情绪一下就愤怒起来。我从地上捡了两块石头，想着先大喝一声，没准儿他们见有人，就会吓跑。如果不跑，还要对我进行报复，我手里好歹也有两块石头防身。

我的一声怒吼，果然让红色SUV里的两个人吓了一跳，不顾外面下着雨，直接跑到黑色轿车边上察看情况。许以婕听到我的大声呵斥，更加拼命反抗，突然后排车门被猛地蹬开，一下撞到了正在车外探头的眼镜男的脑袋，这人随即晕倒在地。

紧接着，许以婕从车里逃了出来，朝我的方向跑来，一边跑一边胡乱穿着衣服。看到她耻辱惊恐的模样，实在让我无法联想到，这就是下午见过的那个漂亮干练、拿着几本书让我签名的女孩。我壮起胆子，快步迎了过去。

这时，从车里出来了一个裤子还没提好的刀疤男，面露凶相，手中拿着一把利刃。他先是对我破口大骂，骂我多管闲事，碍他好事，说本来不用杀人，但既然都被我看到了，那就不可能让我活着走出岱湖。然后他就用刀刺向我。

得亏我平时经常运动健身，手里又有石头做武器，勉强周旋了几分钟。许以婕这会儿也恢复了平静，看到刀疤男对我下狠手，想必是要杀人灭口，当下只能想办法一起制服歹徒了。于是,在我和刀疤男僵持不下的时候,她偷偷溜进车里拿了一根电击棒,计划趁其不备将其击倒。可是,许以婕低估了狡猾的歹徒,不仅偷袭没有成功,还被一把拽住了。

我知道这可能是唯一的反击机会了,就在刀疤男转身控制许以婕的同时,毫不犹豫地冲了上去,快速从歹徒手中抢过匕首。许以婕也逮住机会,把电击棍杵在了刀疤男的颈部。

这一次,我们终于击倒了刀疤男。只是没有想到,他居然直挺挺地扑在了刚被我夺来的匕首上,顿时鲜血汩汩往外流淌……

我还没有反应过来如何处理这一突发情况,就看到卷发女已经用手机拍下了整个过程。见我发现了她,她拔腿就跑,我赶忙驾驶身边的黑色轿车追赶。由于天黑,大雨严重影响了视线,加上当时内心慌乱,我又不习惯手动挡汽车,一不小心,车子就从卷发女的身上碾了过去。

事已至此,没有退路可言了。

许以婕劝我报警,说一切责任都由她承担,跟我一点儿关系都没有。虽然杀了人,但法官应该会念在她是受害者的分上酌情处理,起码不会判她死刑。

看着她凌乱的头发,被扯破的衣服,满脸的泪痕,不停抽搐的身体,还有努力装出的勇敢,以及真诚恳切的

175

眼神,那一刻,我觉得她是世界上最动人、最干净的女孩子。曾经有一个同样美好的女孩,惨死在我的忌妒和冲动之下,现在我无论如何也不会让悲剧重演。

我本来想要自首,刀疤男和卷发女都是因我而死,应当由我承担责任。可是我又想到一旦认罪,许以婕被侵犯的事情也会一并曝光。反正死都不怕了,还不如冒险赌一把,如果没被发现,不仅救了许以婕,我也捡回一条命;就算事情最终败露,犯案的也只有我一个人,跟她没有关系。

想明白了这些之后,我就开始说服许以婕。她当然是不同意的,因为按照我的计划,想要毁尸灭迹,就必须要把晕倒在地的四眼男杀掉。如果说刀疤男的死是出于正当防卫,卷发女是因为过失致死,那么四眼男就是赤裸裸的故意谋杀了。

时间在一分一秒地流逝,接下来我还有很多事情要做,必须抓紧时间了。当我拿起匕首犹豫不决的时候,四眼男缓缓醒了过来。见到眼前的情景,他吓得大哭大叫,跪在地上磕头求饶,说他错了,不该绑架许以婕,也不该在许以婕被强奸的时候袖手旁观……

从眼镜男的哀求中,我听明白了事情的来龙去脉。卷发女名叫孙筱音,为了投资项目,向刀疤男陶纪宽借了高利贷,后来钱还不上,眼镜男汪长波就从中撮合,把高利贷的部分转为暗股。陶纪宽有黑社会背景,正找机会洗白，苦于无法上岸，恰巧孙筱音是直播项目的大股东，眼下这个项目还是毅行大会的唯一官方指定直播，前景看好。

于是，双方一拍即合。陶纪宽做起了隐形股东，孙筱音也不用再为还债头疼。可是由于毅行大会对直播需求的调整，原计划使用孙筱音的虎爪直播，被改为许以婕的逗虎直播。一个虎爪，一个逗虎，想想也挺逗的。

孙和许是竞争对手，已经到了你死我活的程度。本来孙筱音的项目就已经难以为继了，她把全部希望压在了这场大会上，没想到半路被截胡了。

对于突如其来的变故，就算孙筱音和汪长波能忍，陶纪宽也忍不了。很快，经验丰富的陶纪宽就谋划了这场绑架。套牌车、麻醉药、电击棍、匕首等，这些都不难搞定。就连行动计划，他都做得天衣无缝，完全超出了一个普通小混混的智商水平。

三名绑匪成功避开了摄像头，把人绑到岱湖南岸，用拍立得拍下裸照，迫使许以婕主动退出项目竞争。他们甚至想到了，如果作案期间许以婕的家人、朋友突然找她该怎么办。这也是把绑架地点放在岱湖南岸的原因，如果有人突然联系被绑架者，就说去岱湖有工作要做，毕竟毅行现场也在岱湖。

一切都很顺利，许以婕也非常配合，当场给杨礼权打了电话取消明天的直播,并答应一个月内想办法解散项目。谁知道,陶纪宽忽然色欲熏心,企图对许以婕实施性侵……

汪长波声泪俱下的求饶和忏悔,反倒让我越听越气,心里有个声音不停地告诉我:不要再听他的犯罪理由了,你现在要做的只有一件事,就是送他下地狱!

终于,我心一横,左手按住汪长波的头,右手持刀抹了他的脖子。

然后我跑回家里,拿了晚上打扫房屋时用的清洁工具,还有一套干净衣服,然后回到现场,先把那辆红色SUV里里外外处理了一遍,再让许以婕换上干净衣服,赶紧开车离开。

之所以让许以婕驾驶这辆SUV,是因为它曾出现在许以婕的小区周边。如果这辆车失踪,肯定会引起警方注意,追踪起来的话,也不难查到许以婕头上。最好的办法就是把车悄悄放回原处。警察查孙筱音,看到她上的是陶纪宽的车,就不会再把注意力放在她自己的车上了。

许以婕当然不愿意独自离开,我便以刀相逼。在她含着泪水走开的时候,我告诉她,事情已经过去了,忘了这一切,我把善后工作处理完,也会立即逃到国外,一定不会有问题的,一定不会。

接下来的事情，你们都知道了。滂沱大雨为我清理犯罪现场提供了极大帮助，孙筱音和汪长波的尸体也比较好处理。只有陶纪宽，他与我和许以婕都发生过激烈纠缠，我就用漂白剂处理了一遍。

至于为什么残暴地对待尸体、变态地写诗，还按照913的规律抛尸，等等，其实原因很简单，就是为了趁乱逃跑。我故意在万人程序员大会上，通过极端的作案手法，给民众带来恐慌；通过把作案动机伪造成因为仇恨互联网才实施的犯罪，误导警方的侦破思路；通过把尸体抛弃在三个不同地方，拖延警方的办案效率。

我挖空心思地伪造案情、制造重重谜团、将案件性质放大，为的就是引起混乱，拖延时间，然后我才能趁机金蝉脱壳。

可是，既然我决计要逃，为什么打油诗中还会出现四个被害人呢？是的，你们没猜错，第四个被害人，就是凶手本人——我自己。

其实，打油诗是在我计划之外的。一开始，我只是想写三首判词，把那三个罪有应得的绑匪所犯下的恶行公布出来。

曝尸落水狗

子系落水狗，曝尸岱湖北。

贪婪债难酬，引狼反掣肘。

（这是孙筱音的）

抉目四眼汪
四眼无珠汪，抉目涸藩上。
袖手助桀虐，难逃其咎殃。

（这是汪长波的）

栎阴丧家犬
逃窜丧家犬，栎阴恶狗叼。
种因必食果，善恶终有报。

（这是陶纪宽的）

怎么样，我的判词写得还行吧？事实上，中国古代的司法判决书比现在要高级多了，骈骊行文，文采飞扬，辞章华丽，对仗工稳，朗朗上口……而现在呢，无外乎"查明""依据""裁决"的三段论模式，文字还都是些法言法语，完全不考虑普通公众的理解认知限度。

写完他们三个人的判决书之后，我就开始思考如何输出的问题了。手写肯定是不行的，打印又没有机器，这时我看到了黑色轿车上的拍立得相机。拍立得是机械相机，不会留下任何线索，陶纪宽可能就是基于这一点，才把它当作案工具的吧。

　　我解码了孙筱音的手机，打开备忘录，输入了这三首诗词，再用相机拍摄下来。操作过程中，我偶然间在备忘录中看到了一条笔记，写着"定时发布"四个字，后面还跟着一串路径地址。这应该是孙筱音为毅行大会直播准备的。根据这个提示，我成功解锁了虎爪直播的后台程序。看着这个具有定时发布功能的后台，我决定写一首打油诗，把那三首判词汇总起来。

　　可判词只有三首，构不成一首完整的打油诗。我就想着再加一句，最后一句就是我自己的。

　　　四狗赴黄泉
　落水狗，债难酬，岱湖北岸展尸首。
　四眼汪，助桀虐，涸藩里面把目抉。
　丧家犬，善恶报，桎阴之后狗叼走。
　白眼狼，沉酣醒，冤孽偿清好散场。

　　写完之后，我通过定时功能发送出去了。

　　直到这时，我都没放弃过逃跑，也没打算做一个以暴制暴的殉道者。我没有那么伟大。

　　我把所有的事情都搞定以后，疲惫不堪地回到家里，躺在偌大的床上，紧张的神经慢慢放松下来，这才意识到刚刚我都干了些什么！

孙筱音、陶纪宽、汪长波的身影不断浮现在眼前，耳边还传来柳洁熟悉的声音，那声音一开始很温柔，忽然就变得异常痛苦和绝望。他们四个人，面容扭曲、阴森可怖地向我走来，我感觉快要窒息了，我想反抗，双脚却被缚住，无法动弹。这时，我的父母出现了，他们奋不顾身地挡在我前面，进行了一场殊死搏斗，直到他们血肉模糊、支离破碎……

那一刻，我决定不要再逃了。

这个世界，已经没有什么值得我留恋的了。2013年6月9日，在那场大火中，我就已经死掉了。我不愿苟延残喘，也不想再做一具没有灵魂的行尸走肉。这里是我的家，我的根，倦鸟最终还是要归家的。

我来到书桌前，打开电脑，写下了这一切。

我的故事，很短又很长，很远又很近。我多想认真讲完每一处，可我已经讲不完了，因为它太过漫长且黑暗。

外面的天亮了又暗了，太阳升起又落下，而明天的太阳不会照常升起了。

故事开始于一场大火，就让它以另外一场大火结束吧。

终于我可以睡个好觉了。

对了，差点忘了我的判词：

焚烧白眼狼

悔愧白眼狼,自焚蹈覆辙。

沉酣终须醒,孽偿好散场。

第十九章
破案了

这篇万字认罪书，很快就在网络上传开了。

有的人把胡汀阳当成快意恩仇、行侠仗义的英雄。这些人持受害者有罪论，认为孙筱音、汪长波和陶纪宽罪有应得，死有余辜。

有的人则提出反对意见，认为杀人就是杀人，难道认罪就不用伏法了吗？且不说大火案中的三条无辜生命，就是"1024案"的三个绑架犯，也由不得个体去"逞英雄"——再说了，这种行为算英雄吗？一个健全的法治社会，应该是法不容情，情须守法。

当然，对于大多数人来说，是不会有什么表态的，毕竟受害者不是他们的亲朋好友，凶手他们也不认识，最多就是同情一下，叹息一声。

警方可就不同了。他们不会轻易作出评价或判断，更不会看热闹似的议论纷纷。事实上，当专案组在邮件中获知胡汀阳的位置后，就立即赶往他的老宅。

"怎么就没想到胡汀阳的老宅呢？"林闯在视频会议中有些生气地道。

"林局，这个是我工作的疏忽。胡汀阳老家的房子即将拆迁，现在正在做庞杂的动迁前房屋确权工作，很多产权信息都没有及时更新。也是我们工作不仔细，没有查到他在国内还有这套宅子。"束丽丽自责地解释道。

"是的，我听郭强说，胡汀阳多年没回国，而且他老家的村庄非常破败，好多房屋都倒塌了，居民也全部搬走了，没想到他老家在岱湖南岸，他还会回那里过夜。"马旭补充道。

"这个郭强也是的，他对胡汀阳应该比较了解才对，怎么就……"林闯掏出手机，"我要给他打个电话，看来有必要请他来东吴市一趟了。"

电话还没打出去，郭强就打过来了。

省厅给林闯的破案时间是24小时，但目前案子一直在侦办当中，领导们已经知会了一组刑侦专家，让他们提前作好准备。郭强是从东吴市出去的，精通犯罪心理学，又是"6·9大火案"和"互联网投毒案"的主要经办人，对胡汀阳非常熟悉，自然也被选派了。

其实，郭强从上午开始就已经在关注这个案子了。一来案情确实严重，舆论关注度极高，媒体频繁更新报道；二来案发地又是在工作多年的东吴市。可是，他也只能停留在关注层面而已，不能直接插手案件的侦办工作。直到胡汀阳的认罪书被爆出来，郭强才实在坐不住了。因为认罪书的内容，不仅涉及了"1024谋杀案"，还意外扯出了当年他负责过的两起案件。这两起案件，一个当初被判定为意外事故——现在胡汀阳却主动投案，另一个则早就沦为悬案，至今没有破获。

就算心态再好，仕途再坦荡，也总归面子上过不去。更关键的是，案子有了新线索，作为一个自尊心极强的人民警察，郭强怎么可能视而不见、听而不闻？他紧急向领导请示，申请提前协助办案。领导没有同意，也没有反对，只是让他先和东吴市方面沟通。这不,郭强的电话就打到了林局这儿了。

林闯听到郭强说主动过来支援,当然非常欢迎。郭强又赶忙再跟自己的领导回复,然后连夜奔向东吴市。

有意思的是,郭强还在火急火燎地赶路,这边就已经把案子"侦破"了。

林闯带队,很快到了胡汀阳位于岱湖南岸的老宅。没多久,束丽丽、马旭和朱天浩等人也从市区赶来了。

民房早已燃起熊熊大火,几乎快被烧成一片废墟。消防队利用高压水枪对火势进行了控制,足足30分钟才彻底扑灭。

消防队员带着氧气面罩,走进了冒着黑烟的屋子。墙壁已经变形开裂,屋顶还有东西散落下来。尤其让人惨不忍睹的是卧室里那具烧焦的尸体。

经过对尸体的检验,发现烧伤程序达到四级,身体软组织至少炭化了60%。死者面容已被烧毁,无法识别身份。好在九年前,警方就已经录入过胡汀阳的DNA数据,最后通过DNA匹配证实了死者确系胡汀阳。

随后法医对尸体进行了解剖,切开了死者的颈部,在气管内侧发现了炭末和烟灰,呼吸道也发生了黏膜充血、坏死等烧伤变化。

"林局,胡汀阳的死亡方式,是生前被烧死,排除死后焚尸的可能。"朱天浩道。对于火场中的尸体,首先要做的工作就是确认死亡方式。

"确定是自焚?"林闯问道。虽然胡汀阳写了认罪书,但办案还是要严谨,不能放过任何一种可能。

"尸体烧损严重,尤其是上半身,基本都炭化了。不过我们还是在脚腕附近,准确地说是胫腓前韧带和距骨处发现了勒痕,可见死者生前做过剧烈挣扎。任何人在死前都会表现出惊人的求生本能,胡汀阳应该是担心自焚过程中会反悔,故意将自己绑了起来。"

"自己绑自己,应该很好挣脱掉吧?"

"没错,就算双脚可以牢牢绑死,他也很难自缚双手。但挣脱需要时间,可能他已经来不及了……当然,是自焚还是遭人杀害,还要结合现场勘查的情况才能准确分辨出来。"

"应该是畏罪自杀。"束丽丽和马旭走了过来,表情舒展。这个困扰大家一整天的谋杀案,终于可以结束了。

"昨夜的大雨虽然将很多线索都冲掉了,但也让村里的土路变得泥泞不堪。我们对通往胡汀阳家的几条道路进行仔细勘查,发现了一双脚印和一辆车的车胎印记。经过比对,脚印是胡汀阳的,车胎也和案发现场的套牌车一样。除此之外,没再发现其他人走过或汽车行驶留下的痕迹。这一细节,和胡汀阳在认罪书中的表述一致。他先步行前往案发现场,然后驾车回家取清洁工具和干净衣服。"束丽丽道。

"这样看来,昨夜应该没有其他人去过胡汀阳家。那么他的死,确实是自杀了。"

"嗯,我们在胡汀阳的家中找到了匕首、电击棍等作案工具,还发现了已遭焚烧的手机、笔记本电脑等涉案物品。通过还原和比对,证实了匕首上的血渍与陶纪宽和汪长波的匹配,手机为孙筱音的,笔记本的硬盘里有认罪书的文件。"

"起火点呢?有没有找到?"

"卧室里有一个液化气罐,应该就是起火点了。"

"既然选择了自杀,为什么不直接在厨房自焚,还要大费周章地把液化气罐搬到卧室里?"

"可能是他想让这个过程舒服一点。认罪书中提到,他想睡个好觉。"

"嗯,好像一切都解释得通,但又总感觉哪里有些不对劲……目前这个案子唯一的幸存者就是许以婕了,她那边的情况怎么样?"林闯问道。

"许以婕应该没有什么问题。根据监控显示,昨晚11点钟,她确实在自己的小区里被陶纪宽和汪长波绑架了。三人乘坐的是孙筱音的红色SUV,于11点38分进入岱湖主路。然后今天凌晨3点9分,许以婕独自驾驶该车离开岱湖,并在3点37分到达东吴壹号停车场。随后她一个人打车回到家中,直到6点13分才离开小区,去了毅行现场。这和胡汀阳绝笔信中描述的情节,完全可以对得上。

"一开始的时候许以婕没有选择报警，想必也是为了给胡汀阳争取更多的逃跑时间。我们找她了解情况，她也没有透露任何胡汀阳的信息。后来，我们查到了孙筱音的车这条线，并在兴华悦城小区周边商家的监控中看到了许以婕被绑架的画面。这时，她还想着为胡汀阳隐瞒，甚至主动认罪，一个人扛下了所有罪名。直到我们跟她提了胡汀阳的名字，她才忍不住崩溃大哭，猜到事情已经败露，胡汀阳死罪难逃……"

"我还想起一个细节，"马旭补充道，"我们在许以婕楼下的垃圾桶里找到了一件男士外套，当时觉得和案件无关，只做了拍照取证，没有给予多少关注。我刚又仔细看了一下，这套衣服，胡汀阳在一个新书发布会上穿过。"

"这又从侧面证实了胡汀阳认罪书的真实性，"束丽丽道，"结合现场的物证、认罪书，再加上许以婕的口供，基本可以判定胡汀阳就是杀人凶手，然后畏罪自杀。"

"嗯，证据链看上去是可以闭合了……"林闯若有所思地道。

听领导这样说，大家心中一块沉重的石头终于落了地。"那可以撤队了吗？"人群中不知道谁说了这么一句。

"可以，收队吧。"林闯虽心中存疑，但一来胡汀阳已经死了，现场勘查取证的工作也都已做完，没必要再留在这里了；二来现在已经晚上9点多了，大家辛苦一天，也该回去休息了。此外，经过一天马不停蹄的调查，当下虽不说可以定罪结案，但也查得七七八八了。打油诗中的四个被害人都已找到，凶手已经认罪，对老百姓有了交代,对上级领导也有了可以汇报的材料,于是林闯作出了收队的决定。

一群疲惫不堪又充满成就感的民警,纷纷收拾东西,准备回去。

就在这时,一个身材微胖、满头大汗的小个子,气喘吁吁地跑了过来,边跑边阻止大家:"等,等等……"

第二十章
搅局者

大家转头一看，来人是连夜赶赴现场的郭强。看着玩儿命奔跑的郭强，动作笨拙滑稽，全身赘肉都在抖动，一扭一扭像只大熊猫，人群中有人"扑哧"一声笑了出来，有人不屑地"哼"了一声，还有人不由得叹了一口气。

对于这个性格开朗、长相喜感的老同事，大家的感情是复杂的。有人说他是笑面虎，有人说他更像扮猪吃老虎，平时看上去傻里傻气的，突然就攀上了检察长的女儿，然后闷不作声地调到省厅去了。公安系统的晋升制度相对来说是很严格的，郭强"迎娶白富美，走上人生巅峰"，难免让那些干了一辈子可能也就是个基层民警的同事，心里多少有些失衡。

加上胡汀阳在认罪书中主动交代了九年前的大火案并非意外事故，还有七年前的投毒案也是迟迟没有进展，这又让大家对郭强的专业能力产生了质疑，甚至怀疑他存在违法违纪的问题。

当然不是每个人都会嫉妒或猜疑，郭强的老领导林闯、老搭档束丽丽等，还是非常认可他的能力和操守的。

"林局，让大伙儿休息一下吧，我带了些吃的，给大家补充点儿能量。"看到老领导点头同意，郭强才开始把零食分发出去。然而，很多人都表示不饿，没有接过他热情递来的东西，更有甚者，压根儿都不正眼瞧他。

郭强也没在意，只是笑笑，装作没事人一样。倒是束丽丽看不下去，安排了一个同事帮助分发食物，然后拉着郭强，喊上朱天浩和马旭，一起去见林局了。

"怎么样,大家的欢迎仪式还满意吧?"林闯开玩笑地道。刚才他虽然没说话,但把一切都看在眼里。

"老领导,您说笑了。主要还是我回来的次数太少了,等会儿我请大家吃饭。"郭强尴尬地笑了笑,心里也明白这是林局在点拨自己,"1024案刚一出来,我就关注了,认罪书我也看了,越看我是越着急,于是我赶紧跟领导打报告,连夜跑来了。"

"嗯,我简单说一下,郭强这次过来是协助办案的。"林闯故意将说话的音量提高,让专案组的其他同事也能听到,"'1024谋杀案'的主要涉案人员,即最大嫌疑人胡汀阳,之前还牵涉另外两起旧案,大家在他的认罪书中应该也都读到了。这两起旧案,郭强都是主要办案人员。他当时还在咱们局里,记得那会儿很多同事也都参与了,我也多次关注过查案过程和结果。现在,案件有了新线索,而且和'1024案'有关联,我希望大家能团结一心,共同努力,把这三个案子一起给破了!"

接着,林闯又把声音放低,对郭强道:"你了解胡汀阳,现在正好又处在旁观者的角度,先谈谈你对案情的看法吧,或许会有一些新的思路。"

郭强被老领导一席抑扬顿挫的话感动到了,真是暖心窝子。老领导的表态,其实是把自己押进去了。如果郭强真有违法违纪行为,这样的表述是少不了遭到牵连的。可见他是多么信任自己,无形之中也给大家吃了一颗定心丸。

"我先说声对不起,下午束队长向我打听胡汀阳的时候,我居然没有想到他会回老宅……"

没等郭强说完，束丽丽就打断道："关于老宅的事情，我们也没查到。毕竟胡汀阳多年没有回国，他的老家又在做房屋确权，产权信息没有及时更新。"

"唉，如果早点想到，胡汀阳可能就不会死了。他这个人真是太悲惨了。"郭强说到这里，声音竟然有些哽咽。

"你是说，他不是自杀？"

"现在我还不能百分百确定。不过有一点我已经查实，柳化锋改过名字，他的原名叫柏建。"

"柳化锋？你是说许以婕的男朋友？柏建，又是谁？"马旭不禁问道。

"那时你可能还没来队里。九年前的大火案中，有两个幸存者，一个是胡汀阳，另一个就是柏建。"

"哦，我想起来了，认罪书里提到过这个名字。胡汀阳就是因为自己一直暗恋的对象没有跟他好，反而和柏建在一起了，感到羞愤，才实施犯罪的。"

"不好意思，我还想再坚持一下我的看法。直到现在，就算胡汀阳主动投案了，我也不认为他就是当年大火案的凶手。"郭强的措辞客气，但态度非常明确。

"越来越有意思了……"马旭看看朱天浩，两人不约而同地露出讶异的表情。

"时间不早了，大家都忙碌了一天，这会儿应该很疲累了。林局，各位领导，我长话短说，接下来我有三个建议：一是，立即对柳化锋和许以婕进行24小时监控，据我了解，许以婕的父亲在国外，早就盼着跟女儿团聚，目前应该已经安排好了一切。二是，我想再调查一次胡汀阳的老家，既然已到了这个老朋友的家门口，不进去看看，有点说不过去。放心，我调查很快的，不会耽误大家太多时间。三是，等会儿回到市里，我请老领导和老同事喝酒吃饭，大家好久不见，一定要好好叙叙旧。"

"好，跟我想一块儿去了，证据链上有了空缺，就一定要填满。许以婕现在应该还在局里，小马你确认一下，然后把柳化锋也一起带过去。小丽和老朱，你们安排几个人，跟郭强一块儿再检查一遍现场。查完之后，我请大家去一个好地方吃饭。"

"收到，林局。"

郭强在束丽丽和朱天浩的带领下，先对宅子外围和各个房间作了勘查。勘查的结果和之前一样：匕首、电击棍、笔记本电脑、手机等，都只有三名死者或胡汀阳的血渍和指纹；卧室的液化气罐、类似蚊香液或摄像头的小家电残骸上，也没有新的发现；死者及凶手的衣服、帽子、雨衣、毛巾等，都已烧成了灰烬。

接着，几个人又来到了尸体所在地。看着胡汀阳面目全非的惨状，郭强忍不住扼腕叹息："身份确认了吗？"

"经过DNA检测，确认死者就是胡汀阳。"朱天浩看向切开的颈部，"死亡方式基本可以排除死后焚尸。"

"脚腕处的勒痕怎么这么深？都勒到韧带和骨头了……他生前一定有过强烈挣扎，没少遭罪。"

"是的，死者是被铁丝绑起来的。而且这个铁丝的断面，与1号站点厕所门把手上的那根可以连接到一起。已经证实，这两根铁丝来自同一处。"

"嗯，通过现场情况，结合尸检，确实符合自焚的特征……行了，咱们回去吧，别让大家等太久。"

郭强率先走出院子，只是心里还在琢磨："尸体被烧成软组织炭化，其严重程度远远超过其他着火处。昨晚又下了这么大的雨，只凭一个液化气罐，应该燃料不够吧。"

三个人从老宅出来，朱天浩安排同事把尸体装入裹尸袋，然后跟随法医鉴定中心的车走了。郭强和束丽丽则坐林闯的车回去。

林闯没让司机开车，特意把车钥匙交到束丽丽手上，让她从毅行现场那条道路返回市区。大家坐在车里，对案情又进行了一次深入探讨。

"林局，咱们是回局里，还是先找个地方吃饭？"束丽丽打开导航，准备出发。

"先吃饭，去一个你们一定会感兴趣的地方。"林闯微微一笑，"东吴壹号的渔家灯火，包厢我都订好了，就在'红运堂'。现在时间已过10点，刚刚好。"

"东吴壹号，昨晚孙筱音等人出现过的那个商场吧？果然是个好地方。"郭强会意道。

"哎哟，郭大专家，你也知道东吴壹号？"束丽丽打趣地道，然后看了一眼车窗外的湖水，"有好几年没来过岱湖了吧？怎么样，变化大吧？"

"束队，可别提什么大专家、小专家的，我觉得这是在骂我呢。你没看到刚才那群老友对我的态度吗……"郭强露出了委屈的表情，"不过岱湖确实有几年没来了，每次来东吴市都没时间闲逛，这次就当夜游了。你瞧，湖边那一排排别墅群，真是蔚为壮观呀！"

"看看就行了，反正我是买不起。不像搞互联网的，这些年大钱都让他们赚走了。听说搏虎科技的不少员工，都在这里买了房。"

"搏虎科技公司就是这届程序员毅行大会的主办方吧？老板叫王铮鸣，以前江湖人称'王老虎'，不过现在成了'王病猫'，很少抛头露面了。今天活动现场出了杀人案，公司股价掉了好几亿，他就一下子跳了出来，一连更新了几十条微博，比过去全年发布的总和还要多。看看这些微博内容，活脱脱就是一个正能量的代表，说凶手的作案动机，一定是因为仇恨互联网，反对科技进步，但是这种残暴的、变态的、反人类的伎俩，是阻止不了时代发展的齿轮的，只会被牢牢钉在历史的耻辱柱上……不光说，王铮鸣还真金白银地玩起了全民找凶手的游戏，有偿让大家提供线索和证据。'王老虎'果然名不虚传，这危机公关做得真地道。"

"看来你没少做功课，了解得还挺全面。"

"这几年，我从来没有停止过调查。我记得林局以前教导过我们，说破获大案、要案不算真本事，难能可贵的是不放弃，不丢手，持之以恒地啃下一个个悬案、疑案。"郭强苦笑了一下，"放手是不敢的，只是我能力有限，这些年一直没有找到关键证据，现在连最后一个被害人家属也死了，案子就更加难破了。"

"那也不一定。我相信这一次三个案子都会水落石出。先说说第一个案子，你为什么觉得胡汀阳不会是九年前大火案的凶手呢？"

"2013年的'6·9一中家属楼大火案'，是我参与的第一个案子。我至今还记得葬身火海的三位死者，分别叫柳安景、夏芸和柳洁。柳安景和夏芸是东吴一中的老师，柳洁是柳安景的亲生女儿。没想到这样一个重组家庭，居然遭到了如此惨绝的无妄之灾。

"胡汀阳和柏建——现在改名叫柳化锋了，是大火案的幸存者。我记得那天晚上柏建发了疯一样，冲着胡汀阳就是一顿乱揍。而胡汀阳则像灵魂脱壳，呆呆地站在那里挨揍，不知道还手，也不会保护自己。如果不是我们及时拦着，柏建很有可能会活活打死胡汀阳。

"但是我没有因为柏建表现出的暴怒，就放弃对他的质疑。同样，也没有因为胡汀阳看上去的理亏，就先入为主地断定他就是凶手。我对他们展开了相同的调查，结果证实为意外事故，排除了二人的嫌疑。调查过程合法合规，胡汀阳委托的律师也完全符合流程。关于这些，历史卷宗上都有详细记录。所以，即便到了现在，我依然认为大火案跟胡汀阳无关。"

"那个案子，我也有一些印象。好像柏建后来还到警局闹过几次，一个大小伙子哭着喊着让我们抓杀人犯。胡汀阳的家人受不了了，将胡汀阳送到国外，柏建才慢慢消停下来。"束丽丽回忆道。

"没错，胡汀阳出国后就一直没回来过，可能也是担心被柏建骚扰。直到一年半以后，父母被人投毒致死，他才第一次回国。"

"这个投毒案，被称为东吴市四大悬案之首。目前其他三个悬案都破掉了，就差这最难啃的硬骨头了。这些年你都没有放弃过调查，有没有新的进展？"林闯问道。

"嗯，投毒案比普通案件要复杂很多。这不是说被害人的身份特殊，当然，胡氏夫妇确实是东吴市的知名富商，社会影响非同一般。这桩案子更特殊的地方在于，它无证可查。

"2015年2月18日，除夕夜，上市互联网公司的创始人胡云腾、梅丽夫妇，在家中用餐时不幸中毒身亡。

"作为亿万富翁，胡云腾对自身的安保问题非常重视。家里安装了几十个摄像头，几乎是360度无死角全覆盖。小区的安防措施更是无懈可击，一门一人，一门一车，没有业主通知保安，任何外人都不可能私自闯入。就算是小区内部的人作案，可能性也不大。每一栋别墅前都设有一个24小时值班的保安亭。要想进别墅里面，还需要经过保安亭的二次确认。

"案发当晚,只有胡云腾和梅丽两人用餐,没有邀请其他人做客。胡家因为考虑到安全问题,连个保姆都没请,所有的食材都是亲自采购。除夕夜的一桌子饭菜,全部是胡云腾两口子做的……"

"我记得中毒物质好像是毒鼠强吧?"

"没错,毒鼠强的主要生产原料是甲醛、硫酰胺和盐酸,这些原材料都不难买到。加上生产工艺简单,加工设备低廉,一般几个人的小作坊就可以批量生产了。国家已经明令禁止生产、使用毒鼠强,但是在农村的很多地摊上依旧可以买到。

"毒鼠强无味、无臭,呈白色粉末状,对各类动物,包括人类都有剧毒,经常被犯罪分子用作毒药害人。我们赶到案发现场时,发现胡云腾、梅丽两人已经倒在地上,口吐白沫,血液都变成黑色的了。

"通过对中毒者的尿液、血液和胃液样本进行毒物鉴定,查明了此次中毒系由毒鼠强引发。然后对餐桌上的饭菜、酒水,冰箱与厨房里的各类食品和食材进行检测,最终在水饺和面粉袋上发现了毒鼠强。

"本以为找到了关键线索,顺着面粉袋查下去很快就可以破案,然而结果却恰恰相反,直到现在整个案子还是停留在这个环节,七年了,一直没有新的突破和进展……

"通过胡氏夫妇的消费记录,我们查到了面粉是在小区附近超市购买的,但是购买时间是在三个月前。超市的监控录像只保留了最近一个月的数据,员工上岗有严格的审查流程,平时的管理也很规范。经过一番调查,未发现任何问题。

"接着,我们把注意力放在小区和别墅内部。以购买面粉的三个月为时间范围,对小区三个月以内的访客、别墅监控画面中三个月以内出现过的人物进行了逐一排查,结果又是一无所获。

"然后,我们再次扩大搜查范围,对胡氏夫妇身边的熟人,尤其是合作伙伴、竞争对手等,展开了全面调查。就算只把时间维度缩小在三个月内,符合条件的人员也是多到惊人。胡云腾和梅丽是本市著名商人,每天至少接触几十人,而且地域跨度极大,经常国内、国外到处出差。

"同时,毒鼠强的这条线,因为时隔三个月之久,也是查无所获。这些年来,我调查过的人数多了不敢说,上千人总归是有的吧。我甚至猜想难道是凶手空投毒鼠强,或者挖地洞……"

林闯和束丽丽听到这里,无奈地笑出声来。

片刻的沉默之后,林闯冷不丁地问道:"有没有查过柏建?"

郭强倒没有感到意外,依旧是一副颓丧的表情:"当时就查了。梅丽的通话记录显示,案发当天她一共打了几十个电话,其中就有柏建。不过,我们调查后发现,2月18日胡氏夫妇遇害那晚,柏建和女友正在2000多公里外的海南度假,有充分的不在场证明。"

"通话的内容呢?"

"说是拜年,那天是除夕夜,这个说法合情合理。"

"柏建的女友，就是许以婕吗？"

"对，就是这个许以婕。看来他们感情非常好，大学在一起，工作了也要在一起。算下来，两人相处也有八九年了……柏建应该也是为了许以婕才把名字改掉的。一般改名，都是为了忘掉过去，重新开始。"

"为了忘掉柳洁吧，想想大火案那会儿柏建真的是悲痛欲绝，发了疯似的找胡汀阳报仇。"

"柏建是在投毒案之后才改的名字。可能除了感情，还有其他想要忘掉的。"

"这个柏建越来越可疑了，三起案子，每一起都能看到柏建的影子……"

"但是，每一起案子他都有不在场证明，现在没有足够的证据可以将他……"

"先不说了，"汽车已经驶进东吴壹号，林闯终止了讨论，"我们到了，先吃饭吧。"

第二十一章
主菜和配菜

在地下车库停好车，乘坐电梯直达商场4层。出了电梯，到东南拐角的厕所看了一眼，然后，大家才走向渔家灯火饭店。

马旭、朱天浩等人已经在"红运堂"包厢等候多时了。大家都清楚领导安排在这里吃饭的用意，刚才已经对停车场、商场、卫生间和饭店做过一次实地走访了，整个路径跟林闯三人的基本一致。

"不好意思，我们迟到了。"林闯开口道。

"没有，我们也刚到。"大家见领导来了，赶忙起身让座，有的倒水，有的拿来菜单，"已经点了几个菜，一会儿就上。您看看再加点什么？"

林闯把菜单交给束丽丽，看了下手表："正好10点52分，昨晚毅行组委会的那波人，也是在这里吃饭。同样的时间和地点，不同的是，他们已经散场，咱们才刚刚开始。"

"林局，今天喝酒吗？"

"喝点啤酒吧。时间也不早了，早点吃完早点回去休息。等案子彻底破获了，大家再好好庆祝一下。"

所有人都明白林局的良苦用心，这里可不是普通饭店，而是"1024案"的起始点。昨晚许以婕和孙筱音就在这个包厢里吃饭，陶纪宽和汪长波则龟缩在地下车库。整个东吴壹号，仿佛处处弥漫着罪恶的味道，昔日这座城市最繁华的商场，变成了今天的门可罗雀，冷冷清清。

林闯很少会说"警察的使命就是守护一方平安""刑警的责任

就是有恶必除，除恶务尽"这种冠冕堂皇的话。只要把大家带过来吃顿饭，一切警醒的意义都有了，懂的自然会懂。

因为是在公共场所用餐，不方便讨论案情，大家又都有些拘谨，毕竟案子还没破，领导又这么别具匠心，把吃饭地点安排在涉案餐馆里。所以，半个小时不到，大家就都吃好了。

吃完饭，送走大家，郭强央求马旭带他在东吴壹号商场里溜达一圈。然后马旭开车，两人一起回警局。

"郭队，晚上你怎么滴酒未沾，也不跟老同事喝一圈，化解一下大家对你的误解？"马旭一边开车，一边笑道。

"我跟你一样，备孕……"郭强半开玩笑地说，"而且，我觉得不必通过喝酒的方式去证明什么。"

"明白，你是想通过早点破案来证明自己，但是，也用不着这么拼吧？"

"怎么拼了？"

"你晚上没喝酒，饭后又在商场调查了一遍。现在马上12点了还不回去休息，非要我带你去警局。如果我没猜错的话，你准备通宵查案吧？"

"不错，观察细致，逻辑推理能力强，是个优秀刑警。"

"优秀刑警不只我一个，你瞧，束队长的车也跟来了，她应该刚送完林局。林局也就是年纪大了，今天又在岱湖折腾了一天，要不然通宵破案这种事，肯定少不了他。"

"你们真是一点都没变……只是林局好像一下子就老了，怎么突然冒出那么多白头发，今天看得我是百感交集。"

"不是他老了，而是我们成长了。"

正说着，郭强的电话响了，是林局打来的："小郭，晚上准备住哪儿？"

"酒店已经安排好了，我住酒店。"郭强一本正经地撒谎，不让老领导担心，"您也早点休息吧。"

"行啦，别装了。我在小丽车上放了些零食和功能性饮料，你们晚上吃。还带了一个毯子，困了就眯一会儿吧。"

"嗯，让您费心了……忙活了一整天，您早点儿歇着吧。"

"好，今天先这样。明天早上7点钟，我们再开个讨论会。"

"好的，林局。"

车窗外夜色渐浓，黑暗已将城市的喧嚣慢慢吞噬。路灯下，树影斑驳，人影绰绰。一阵秋风吹来，梧桐树叶散落一地。

两辆车子一前一后来到警局。

路过拘留室，郭强看到了睡眼惺忪的柳化锋和许以婕。

多年没见，柳化锋依旧是一副老实普通、人畜无害的模样，只是往日清澈见底的双眼，现在多了些许岁月的沉淀，变得更加成熟和忧郁——但又不显污浊和沧桑。

许以婕的变化要大一些，已然出落成一朵盛极的玫瑰，正是一个女人一生中最艳丽夺目的时候。不仅如此，骨子里的那份自信和聪敏，经过时间的洗涤，愈加精干和练达——但又不显张扬和世俗。

一切都是他们这个年龄该有的最美好的样子。

但是参天大树也可能会长歪，玫瑰难免盛极而谢。如果心存恶念，谁又能保证，他们不会开出有毒的花朵、结出邪恶的果实？

郭强等人没有连夜审讯，因为目前证据不足，无法制定合适的审问策略。贸然讯问，只会耽误时间，还可能打草惊蛇。

于是，大家先翻阅了大量历史卷宗，把"大火案""投毒案""1024案"的相关材料都找出来，一一查看。然后，三个人又不时地对案情进行讨论。

"柳化锋的不在场证明，看着也没问题啊？"郭强拿着讯问笔录道，"昨天晚上他和一个叫宋力的同事，一起在岱湖边看守物资。后来组委会让守夜人员回家休息，他俩就一起去了宋力家过夜。"

"是的。我们对柳化锋和宋力分别做了调查，也查了别墅的监控，都没有发现问题。他们看守物资的地方是12号站点，距离岱湖南岸的别墅很近。两人又是一个部门的同事，关系很好，柳化锋去宋力家借宿也说得过去。"

"等等，12号站点在岱湖南岸，别墅也在岱湖南岸，胡汀阳的家同样在岱湖南岸……会不会太巧了？"郭强赶紧找出毅行大会的线路图，还有岱湖的景点地图，"12号站点距离别墅区大概四公里，而别墅区与胡汀阳家的直线距离不到一公里。"

"也就是几百米的距离？那站在宋力家的三层别墅上，完全可以观察到胡汀阳的老宅。"束丽丽想起在胡汀阳老家时看到的那一排排金碧辉煌的别墅，"柳化锋和宋力是几点到的别墅，又是几点离开的？胡汀阳被焚时他们在哪里？"

"昨晚11点8分，杨礼权安排守夜人员回家休息，柳化锋和宋力简单把站点收拾了一下，就出发回别墅了。监控显示，他俩是在11点30分到家的。因为别墅在郊区，平时宋家不常过来居住。昨晚只有宋力和柳化锋两个人，一人住一间卧室。

"从昨晚进入别墅，他俩就没再出去过，说是毅行现场出了命案，不敢出门，整天都窝在家里看电影、打游戏。直到今晚6点多民警过去调查时，他们还在。

"不过在民警离开时，他们也跟着一起回市区了，听说是去市里吃饭，车子就跟在警车后面。然后就是晚上9点多钟，郭队来了，建议控制住柳化锋和许以婕。我们又把柳化锋带到了局里。这差不多就是柳化锋的整个行动轨迹。"

"有点奇怪……胡汀阳认罪书的发送时间，以及大火发生的时间，都在晚上8点钟。那时柳化锋和宋力已经到达市区了，许以婕也在警局待着，不可能实施犯罪……"束丽丽颇感头疼地道，"而且胡汀阳不是死后烧尸，如果排除自焚可能，那就一定需要有人在现场作案。"

"为什么柳化锋和宋力一整天待在别墅不出来，偏偏警察来了，他们就要去市里？这里面会不会有猫腻呢？"郭强在办公室里来回踱着步,"难道他们想要不在场证明?还有什么比警方提供的不在场证明,更有说服力呢?"

"但是,他们要不在场证明干什么,他们完全不可能作案啊?大火发生时,有多人证明柳化锋和宋力在市区吃饭。"

"会不会是我们多想了?可能胡汀阳就是凶手,他的死也是自焚行为,想要以死谢罪。"

"不,根据我的了解,胡汀阳虽然命运凄惨,但是不至于自杀。况且,如果一个人真要决定去死,怎么会那么小心翼翼地处理现场,挖空心思地写诗,还故作聪明地留下抛尸线索?"

"根据绝笔书上的记载,胡汀阳一开始没想自杀,所以才设计了这些。"

"呃……"郭强哭笑了一下,"至于那篇绝笔书,我一直怀疑其真实性。"

"应该不会作假吧?绝笔书有一万多字,胡汀阳花了一整天的时间才写完。而且在胡汀阳的电脑硬盘中,找到了绝笔书的文档。如果有人作假,就需要满足三个条件:第一,潜入胡汀阳的家里;第二,在极短的时间内写完一万多字;第三,对胡汀阳要非常熟悉,否则写不了这么多私密的内容。"

"其实,绝笔书虽然有上万字,但是不少内容都曾出现在胡汀阳之前公开发表过的那本《再见,互联网》中,还有'大火案''投毒案'、胡氏夫妇的创业过程等,网上也有很多资料。只要再把'1024案'的细节补上,是用不了多长时间的。凶手刚作完案，对行凶过程非常熟悉，只需将该写的写出来，不该写的隐藏或篡改即可。所以，这绝笔信不难伪造。"

"就算如此，也没有解决一个核心问题，那就是凶手如何神不知鬼不觉地溜进胡汀阳的家里。我们在老宅附近只发现了胡汀阳的脚印和套牌车的轮胎痕迹，并没有找到第二个人的任何线索。"

"或许凶手是开着套牌车进来的……我大胆推测一下整个过程。先说一下，这个推测一定会有很多漏洞，不过你俩还是先别打断我的思路，等我说完，咱们再讨论哈……我现在迷迷糊糊的，一被打断，可能就接不上了。"郭强努力睁大眼睛，让自己不那么困。

"行，你说吧。"

"嗯，那我开始了。昨天晚上许以婕被陶纪宽等人绑架，大概11点38分到达岱湖主路，然后避开监控，来到案发现场……这些我们都非常清楚了，不过有一点是容易被忽略的。那就是在11点27分，陶纪宽为了不让许以婕的家人担心，令其给同居的男友柳化锋发短信报平安，短信的大致内容是说，自己临时要去岱湖加班，晚点回家，随后还把手机关机了。

"注意这个短信，它是包含求救信号的。许以婕明知道男友就在毅行现场守夜，却故意说自己去岱湖加班，晚点回去，还让柳化锋先休息。然后又以手机没电为由，关掉了手机。我想正常人应该都会察觉到不对劲吧。

"按照常规做法，家属在接到求救信息后，第一时间应该去报警。可柳化锋为什么没有这样做呢？答案只有一个，那就是昨晚他早就有了其他安排，这个安排便是杀掉胡汀阳。柳化锋对胡汀阳恨之入骨，但胡汀阳人在国外，他一直苦于无法下手。这次胡汀阳回国参加搏虎科技举办的活动，柳化锋没理由获取不到这个信息。

"这里面还有一个小插曲，即许以婕的求救短信为什么没有引起陶纪宽等人的怀疑？陶纪宽不怀疑也就算了，但孙筱音和汪长波应该提前知道柳化锋昨晚不在毅行现场，否则他们是不会冒险把绑架现场设计在岱湖南岸的。

"原因也不难猜想，许以婕和柳化锋相处多年，一定听过胡汀阳这个名字，而她又是接待海外嘉宾的负责人。所以，当看到胡汀阳名字的时候，许以婕就决定不让这两人碰面，不仅故意改掉了胡汀阳登记的住宿地址，还临时帮柳化锋调了班。如果我的推测没错的话，柳化锋在这次毅行大会中一定有工作安排，而且极有可能负责的就是'程序员巅峰论坛大会'，跟胡汀阳碰面的概率非常大。关于这一点，明早可以找杨礼权确认一下。

"许以婕本以为这样一番操作，两个人就见不到了。但她没料到，柳化锋早就知道了一切，调了班，反倒更方便谋杀胡汀阳。

"昨晚风雨交加，电闪雷鸣，组委会在11点8分让守夜人员回家休息，柳化锋就计划在宋力家借宿，这样做有两个目的：第一，别墅和老宅只有几百米的距离，方便作案；第二，宋力可以提供不在场证明。

"可是意料之外的事情发生了，他还没抵达别墅，许以婕就发来了求救短信。对于这个细节，可以再找宋力了解一下，当时他和柳化锋在一起，可能会知道些什么。

"许以婕的求救，让柳化锋陷入纠结。一方面，自己苦苦追踪胡汀阳这么多年，好不容易目标露面了，而且是来处理祖屋的，以后大概率是不会再回国了。如果不抓住这次机会，可能这辈子都没机会了。另一方面，他又不能眼睁睁看着女友陷入危险，自己却不管不问。思考再三，柳化锋决定先救人，然后再杀人。于是，等宋力熟睡之后，他就偷偷溜了出去。

"好巧不巧，许以婕被绑架的地点就在岱湖南岸。许以婕发出的那几声呼救，不仅胡汀阳听到了，柳化锋一定也听到了。螳螂捕蝉，黄雀在后。柳化锋躲在暗处，待胡汀阳救下了自己的女朋友，又干掉了三名绑匪，才偷偷将其打晕。

"切斯特顿说过一句话：'隐藏树叶，就在树林里；隐藏尸体，就在战争里。'但这仅仅是隐藏，比隐藏更高明的是嫁祸。撇清嫌疑最好的办法，不是置身于更大的嫌疑之中，而是把嫌疑嫁祸给别人。'1024案'和'自焚案'，这两道菜，此时完成了配菜和主菜之间的调换。

"后面的故事就不难猜到了。柳化锋开着套牌车，载着胡汀阳来到了老宅，用铁丝牢牢将其捆绑。然后，他从老宅找到清洁用具、胡汀阳的鞋子和衣服等，驾车返回案发现场。许以婕换上胡汀阳的外套，开着清理干净的孙筱音的红色SUV离开了。柳化锋则负责处理善后工作。

"销毁证据、抛尸、伪造现场等一系列操作完成之后,柳化锋穿着胡汀阳的鞋子又一次回到老宅,写下认罪书,烧死胡汀阳,再穿着被害人的鞋子逃离现场,潜回宋力的别墅……"

"说完了吗?我有几个问题!"束丽丽和马旭不约而同地提出了异议,看来郭强的这个大胆猜测确实有不少漏洞。

第二十二章
小物件

"马旭，你先讲吧。"束丽丽谦让道。

"好的。郭队的推测基本完整地把'1024案'重塑了一遍，将各个独立的环节，尤其是细微之处勾连到了一起，不愧是犯罪心理学专家。不过，我觉得破案需要证据，就算成功代入罪犯的心里、脑中，没有切实的证据，依然无法根治犯罪。"

"嗯，马旭说得没错，有几个关键细节我也没有想明白。第一，柳化锋是如何溜出别墅的？通过宋力的口供和家中的监控，都没有发现异常。第二，也是至关重要的一点，柳化锋是如何纵火的？老宅着火时，他在市区吃饭，总不能分身吧？第三，柳化锋赶到绑架现场，难道会眼睁睁地看着女友被人欺凌，坐等胡汀阳出手相救吗？第四，柳化锋就那么肯定胡汀阳会回老宅？而且如果他早就准备对胡汀阳下手，那他应该提前准备作案工具，但是几件重要的涉案工具，如匕首、电击棍、喷有麻醉药的毛巾等都是陶纪宽带来的，而铁丝、清洁用具、漂白剂等又是从胡汀阳家里拿的。"

"你们说得没错。我的这些推测，主要是从犯罪动机出发的，严格来说，的确缺少证据支撑。不过，我觉得法院可以有'存疑有利被告原则'，但破案不行。

"九年前的大火案后，柳化锋就对胡汀阳产生了恶意。一年半以后，胡汀阳的父母被人毒死，昨天胡汀阳刚回来，当晚就被活活烧死……胡氏夫妇中毒当天，和柳化锋通过电话，而这次柳化锋更是出现在距离老宅不到一公里的地方，待了整整一天一夜！

"对于你们提出的几个问题，我目前还回答不了。不过我依然认为柳化锋有问题,他要是没问题,这么些年的刑警,我算是白干了!"可能是案件把郭强折磨得太厉害,也可能是他现在太过疲乏,导致情绪有些低落,才说出这么幼稚的话。

"不好意思,我有点不专业了。警察办案什么时候可以只凭感觉和猜测了⋯⋯"郭强又补充道。

"没有,我觉得咱们的方向没问题,只是还缺少核心证据链。"束丽丽鼓励道,"先在沙发上眯一会儿吧,把脑袋放空一下,或许会有新的思路。"

"嗯,你们也休息一会儿吧。"

三人各自找了地方,睡沙发的,睡折叠床的,还有趴在桌子上的。

郭强躺在沙发上,盖着林局的暖心毛毯,脑子里却像放电影一样,"大火案""投毒案""1024谋杀案",柏建、柳化锋、胡汀阳、许以婕⋯⋯这些场景或名字,此起彼伏地蹦来跳去,哪里还能睡得着觉?

他悄悄起身,蹑手蹑脚地走到案头,继续翻起了卷宗,不时拿起笔,在纸上推演着整个案情。

第二天7点不到,林闯就拎着两个袋子来到警局,一个袋子里是给大家带的早餐,另一个则是几件小家电。

吃完早饭,专案组的其他骨干成员也都陆续到齐。"1024谋杀案"的案件分析会在7点钟准时召开。

林闯简单开了个头,便直接进入案子的具体分析环节:"你们仨奋战一夜,有什么收获吗?"

三个人相互看了一眼,然后由马旭将昨晚充满漏洞的推测陈述了一遍。束丽丽紧接着又把那四个疑问提了出来。

"柳化锋确实有最大的嫌疑,但目前我们掌握的证据尚不足以将其定罪。今天,我们会继续调查。"束丽丽道,"郭队,你那边可有要补充的?昨晚你好像一夜没睡,不知道是不是有新的发现?"

"不好意思,影响束队昨晚休息了,哈哈,下次我小点儿声。"郭强一脸疲态,还不忘开个玩笑,"对于'1024案',刚才两位已经把我们的推测及当前面临的挑战都说清楚了,我现在想补充说明的,其实是'投毒案'。这个案子虽然过去七年了,但当时的档案材料非常规范且翔实,其中通话记录方面,调取的范围不只局限于案发前的三个月,而是把2015年2月18日往前一年的记录都调出来了。昨晚我又仔细看了好几遍,终于在胡汀阳父母与柳化锋的通信往来中找到了重要线索。通话记录显示,柳化锋和梅丽的第一通电话是在2014年的11月15日,那天是周六,也是梅丽买面粉的日子。"

"所以,有可能是柳化锋趁着周末学校休息,偷偷跑到胡氏夫妇小区周边的超市,制造与梅丽见面的巧合,然后趁其不备,在面粉上投毒?"这样的推测不难作出。

"是的。柳化锋与胡汀阳曾经是好朋友,他可以很轻松地接近梅丽，骗取信任。而且'大火案'之后，柳化锋虽然没少找自己儿子的麻烦，但见他受到这么大的刺激和伤害，梅丽产生同情之心也是有可能的。后来的通话记录显示，梅丽和柳化锋有过多次通话，每一次都是在节假日，比如圣诞节、元旦、小年，还有最后一次的除夕。"

"北方人爱吃饺子，梅丽买面粉，会不会就是为了招待柳化锋？"

"不排除这种可能。可惜超市的监控只保留了一个月的记录，而他们又是在三个月前碰面的，现在又时隔七年之久，当天具体发生了什么，已经无从知晓了。不过，在超市制造巧合、接近梅丽，然后通过注射器等作案工具，偷偷将无味、无臭的毒鼠强投进面粉袋的最底部，其实是不难实现的。

"梅丽将面粉带回家后，可能是因为包饺子太麻烦，也可能是平时工作忙，在家吃饭的次数少，又可能买面粉就是为了招待柳化锋——否则也不会每个节日都邀请他来家里吃饭了。总之不管什么原因，这袋面粉直到三个月后的除夕夜才吃完。毒鼠强是投放在面粉最底部的，无臭无味，颜色和面粉无异，所以一直没被发现。

"柳化锋当然知道面粉有毒，每次梅丽打电话让他去吃饺子，他都找借口推辞，不仅不能去，还要制造不在场证明。翻看柳化锋的出行记录，每次过节他都会出去旅游，而且是和女朋友许以婕一起。除夕夜案发时，他俩就在两千多公里外的海南度假。"

"但是，只有一个通话记录，证据还是不够吧？"

"嗯，这条线索的发现，只能更加证实柳化锋的嫌疑，但也仅仅是嫌疑而已，我们依然没有充分证据，唉……"

随着郭强的这声唏嘘，整个专案组也都发出了或愤怒或叹息的声音："这个柳化锋真是太狡猾了！""'1024案'没留下任何线索，投毒案也有完美的不在场证明，我们总不能让这个连环杀人魔逍遥法外啊！"……

"大家不要有悲观情绪。我经常说，查案是没有弯路的，总是在一步步接近真相，如果所有的案子都有铁证，那我们也就没有存在的意义了。"林闯一边鼓舞士气，一边从袋子里掏出一个智能驱蚊器和一个网络摄像头，"大家对这两件小家电应该不陌生吧？"

在众人疑惑的目光中，林闯打开驱蚊器和摄像头，然后拿出手机，很快就连接成功了："昨晚我捣鼓了大半夜，已经匹配过，所以现在很快就连上了。只要有网络，可以不受距离影响，随时随地控制驱蚊器，或查看监控画面。这个驱蚊器好像还有定时功能。我一个快退休的老头子都能操作这些，更别说那些对科技产品很精通的程序员了。"

"我想起来了，胡汀阳的卧室里也有驱蚊器和摄像头的残骸……案子到这里，终于形成一个严丝合缝的闭环了！"束丽丽兴奋地道，"柳化锋昨晚在岱湖南岸把案发现场清理完毕后，就穿着胡汀阳的鞋子回到了老宅，将智能驱蚊器改造成了引火设备，又用网络摄像头监控着房间里的一举一动。昨晚8点钟，柳化锋虽然人在市区，但是他可以通过手机遥控操作……"

"等等，遥控操作？这个不难理解，但他是如何将智能驱蚊器改装成引火设备的？"有人提出了质疑。

"这个也很容易，"林闯拆开驱蚊器，"这种驱蚊器的供电模式有两种，可以插电，也可以使用两节5号电池。"

"利用电池短路点火？"马旭道。

"没错，凶手把蚊香片拆掉，用易燃物品代替，然后再拿巧克力糖纸，或香烟、口香糖里的铝箔纸，连接电池的正负两极，一个简单的点火设备就制作完成了。设备最初处于未连接状态，当需要点火时，通过手机远程打开驱蚊器即可。驱蚊器被打开后，电池因为短路引发火种，遇易燃物品，进而发生大火。"

"这也解释了另外一个问题，就是为什么只凭一个液化气罐，就可以将尸体焚烧成软组织炭化。那是因为胡汀阳身上也被泼洒了这种易燃物。"郭强道。

"柳化锋在距离不到一公里的别墅里，通过手机上的视频监控时刻保持观望状态。一旦有异常情况发生，比如胡汀阳挣脱了绑在身上的铁丝，或有其他人突然闯入，他就随时操作点火。"

"细思极恐，为了伪造胡汀阳自焚的假象，柳化锋没有直接把他杀害，而是将其牢牢绑住，等到需要时才点火焚烧。所以，我们对尸体进行检验时，发现胡汀阳确系被大火活活烧死。胡汀阳被囚困了这么久，内心该有多崩溃啊！脚上的勒痕都到骨头了。"束丽丽不由叹息。

"有一点我还没有想明白，为什么柳化锋非要等到晚上8点才对胡汀阳动手？要知道，多耽搁一分钟就多一分钟的风险。"马旭问道。

"是因为认罪书。认罪书是柳化锋在老宅写的，然后设置了定时发送，预设的时间就是晚上8点。"郭强道。

"哦，原来如此。这样看来，所有的环节都能对应上了。"

"可是，依然没有实质性的证据。发送邮件的电脑、智能驱蚊器、网络摄像头都被烧毁了，找不到柳化锋的指纹。"束丽丽道。

"购买记录呢？可以查查柳化锋，还有许以婕的购买记录。"

"不用查。柳化锋这么谨慎，一定不会自己购买的。"林闯道，"智能驱蚊器，可以问问毅行组委会。据我所知，10月23日晚上组委会给守夜人员分发过驱蚊器。网络摄像头，可以问问搏虎科技公司，尤其是逗虎直播部门，他们做的就是直播业务，应该会购买很多摄像头用来测试的。"

"只查这些设备可能还是不够，还要找到这些设备与柳化锋的关联之处……"郭强补充道，"组委会和公司对设备都会有登记，少了哪些，或丢了哪些，应该不难查出来。可是，他们应该查不出具体是被谁偷走的。"

"有丢失记录就行了。找到丢失的设备信息之后，再查看这些设备曾经和哪些手机匹配过，以及匹配的时间，就可以找到凶手了。"林闯打开手机里的智能硬件管理App，"这些设备都是联网的，就算硬件被烧坏了，厂家也一定会有相关数据。"

"林局，您对科技产品的了解程度，让我们这些小年轻的自愧不如呀！"终于看到了胜利的曙光，郭强难掩激动之情，心悦诚服地赞美起了老领导。

"道高一尺，魔高一丈。罪犯在进步，警察也得提升啊！现在我们来明确一下今天的重点工作，主要有两个：一是调查智能驱蚊器、摄像头的丢失情况，咨询设备厂家，找到它们曾经连接过哪些手机；二是审问柳化锋、许以婕和宋力。我相信真相很快就可以水落石出了。"

第二十三章
自作聪明

杨礼权又一次来到了公安局。他很郁闷,短短两天已经被"传唤"三次了。与前两次不同,这一次他是被老板带来的。

王铮鸣接到刑警队的电话,配合得那叫一个积极,不仅以最快的速度提供了智能驱蚊器和摄像头的信息,更是主动带着杨礼权来警局协助调查。

"王总,杨总,其实你们不必过来,该提供的信息都已经传给我们了。"专案组忙得焦头烂额,实在没时间应付这两位。

"配合警方办案是我们应尽的责任。你们再想想,还有什么需要提供的吗?智能驱蚊器和摄像头一定是柳化锋偷的,其实我早就怀疑他了。本来他的工作是负责1024当天的程序员论坛大会,却偏偏临时跟周俊恒调班,改成了案发当晚去岱湖守夜。还有许以婕也脱不了干系,就算不是同伙,肯定也是知情不报……"

王铮鸣还没说完,杨礼权实在听不下去了,打断道:"王总,咱们就不要影响警方的破案思路了。他们那么忙,要不我们先回去吧……"

"还有你,我还没说你呢。这么重要的信息,你为什么没有第一时间跟警方汇报?不要有包庇心理,不管谁犯了错,都要承担责任。"

"嗯,王总说得对,说得对……"杨礼权强忍住脾气,没有当场发作,但心里已然打定主意。这个唯利是图、冷漠无情的家伙真是太丑陋了,不出事时说得比唱得好听,成天给员工洗脑,说什么"跟着老王,你旺我旺大家旺",可员工一旦出了事,就不分青红皂白，甚至落井下石……回头把这届毅行大会的善后工作处理完，本人就不伺候了，以后的1024程序员大会，你们爱谁组织谁组织，反正老子是铁了心要辞职不干的！

搏虎科技这两位刚要走，宋力到了警局。王铮鸣见了宋力，少不了又是一顿批评教育。宋力家境殷实，本就不在乎这份工作，这两日心情又是跌宕起伏，冷不丁被老板臭骂，当场就怼了过去："您要是觉得我有问题，可以直接报警，这里正好就是警局！咱们到局里说道说道也行！"

"王老虎"败下阵来，气得脸色铁青，嘴里还不忘低声嘟囔两句，然后灰头土脸地转身走开了。

宋力战战兢兢地走进讯问室，老老实实地坐在审讯椅上，像个学生一样认真仔细地聆听警方的问话，又像个撒了谎的孩子那样小心翼翼地回答问题。

"这已经不是第一次找你问话了，也是你的最后一次机会。我希望你能抓住这次机会，老实交代问题。"马旭胸有成竹地把利害关系先说了出来。

"警官同志，昨天询问时，我已经把我知道的一切都告诉你们了。"

"再警告你一次，不要有小心思，我们掌握的线索比你想象的还要多。10月23日晚上，跟你一起在岱湖守夜的同事，最开始应该不是柳化锋吧？"

"嗯，不是，原先是周俊恒，后来临时改成了柳化锋。我不知道他们什么时候调换的，而且他们调换也没提前跟我说，那天到了12号站点，我才知道这事儿。"

"23日的晚11点27分许以婕给柳化锋发信息时，你也在场吧？有没有发现什么异常？比如他有没有说过什么，或者表现出什么反常的举动？"

"11点27分？那会儿我们应该还没到家，我和柳化锋是开两辆车回家的，不在一起。"

"好。你们回到家后，柳化锋有没有半夜离开别墅？"

"没有，他没有离开过！"

"当晚风雨交加，电闪雷鸣，你们又分别住在两间卧室，你要是回答不知道他有没有离开，我还信你。但你怎么可以确定，柳化锋半夜没有离开过别墅呢？"

"……昨天你们不是也查过监控了吗？"宋力反问道，心想你们都查了没问题，难道还要我说有问题吗？

"看来你对自己目前所处的形势，了解得还是不够清楚。一开始我就说过了，我们掌握的情况比你想象的要多。昨天晚上胡汀阳老宅发生的大火，已经证实是被手机远程操控的，而作案手机连接过你家的Wi-Fi。你家里应该没有第三个人了吧？如果不是柳化锋，那凶手只能是你！"

"不是我，警官同志，怎么可能是我……我就说柳化锋一定有问题，我交代，我全部交代！其实我不能证明他昨夜有没有出去过。"

"请你说得具体一些。"

"嗯嗯。昨夜风大雨大，我们又是住在不同房间，就算他半夜偷偷溜出去，我也不可能听到动静。"

"那监控呢？你们家的监控不是也没问题吗？"

"监控证明不了什么。岱湖南岸的那栋别墅，我们平时很少去住，为了防止家里被盗，就安装了360度自动旋转的摄像头。其实这种监控是有bug的，因为摄像头每秒自动巡航36度，也就是说巡航一圈一共需要10秒。在这10秒里，他完全有可能溜出去。"

"你之前为什么不说？"

"我是准备说的，只是时机没到……"

"还在狡辩！"

"不，我真打算说的。之前一直没说，是怕给自己带来麻烦，我父母经常教育我，做人要留七分正经度生，装三分痴呆防死，很多人就是死在知道得太多。第一次你们找我问话，是在我家里，我不确定柳化锋有没有偷听，所以不敢说实话。其实，我一直在找机会报案的，可是你们也知道，柳化锋从前天晚上起就一直待在我家里。中间他还试探了我好几次，旁敲侧击地观察我有没有发现什么，幸好我揣着明白装糊涂，不然我可能早就成第五个被害人了。"

马旭看着这个叫宋力的小伙子，年纪不大，鬼点子倒是不少。"你之前没有交代问题，不是因为没有机会，而是你当时不信任警方;现在你看到我们已经掌握了证据,关键是还把你列为嫌疑人,为了自保,你才说出实话。"

"我错了,警官同志。我真的是太害怕了,他就是一个变态杀人狂,我怕他报复。"

"你以为什么都不说,他就不会杀你灭口吗?昨天没有对你动手,跟你装得像不像、演得好不好都没有关系。真正的原因是,昨天下手马脚太多,容易暴露。"

宋力听到这里吓出了一身冷汗。还是自己太年轻,聪明反被聪明误,差一点纵虎归山,给自己留下杀身之祸。

第二十四章
爱情故事

许以婕已经被拘传很久了。《刑事诉讼法》有规定，传唤持续的时间最长不得超过12小时；案情特别重大的，才可以延长到24小时。

现在12个小时已经过去，但许以婕依旧一副泰然自若、充满自信的样子。她在心里默默计算着时间，还剩十多个小时，她就可以和自己的男朋友一起全身而退了。

然而，这一次她失算了。

审讯室里，束丽丽和马旭已经在等着她了。

"许女士，你的问题很严重，你知道吗？"束丽丽凛冽的目光看向许以婕，"在你被请到警局的这段时间里，我们已经掌握了大量的证据。希望你老实交代问题，不要再隐瞒欺骗了！"

"交代什么？该说的我都已经说过了。"许以婕一副有恃无恐的样子，料到警方喜欢故作声势。

"好，那我来提醒你一下。10月23日晚上，你被陶纪宽等人绑架到岱湖南岸，随后三名绑匪全部遇害，你却安然无恙。在昨天的讯问中，你主动认了罪，说是你把他们杀害了。可是，你刚认罪，胡汀阳就通过邮件的形式，群发了一封绝笔信，信中交代了他才是真正的凶手……"

"不，不是他，凶手是我，跟他没有关系。我根本不认识他，也没见过他！"

"凶手当然不是他，虽然他发过那封绝笔信之后就'畏罪自杀'了，但是我们已经查到真凶另有其人。你不要再试图负隅顽抗了，更不要心存侥幸，再说什么不认识胡汀阳，没见过胡汀阳的谎话。积极主动地配合警方办案，争取宽大处理，才是你目前唯一正确的出路。"束丽丽讲完之后就一直盯着许以婕，看她如何回应。

事态的发展完全出乎许以婕的预料。警察说杀死陶纪宽等人的凶手不是胡汀阳——言外之意，不就等于暗指凶手是自己或柳化锋吗？

不管警方这样说是真的已经掌握了重要线索，还是故意设下的局，许以婕现在都只能把胡汀阳供出来了。

"我交代。杀害孙筱音、汪长波和陶纪宽三人的，就是胡汀阳。"

"他为什么杀人？据我们所知，胡汀阳和这三个人素不相识。"

"10月23日晚上我被绑架了，胡汀阳是为了救我，出于义愤，才挺身而出的……这也是我一开始帮他隐瞒真相的原因。"

"请你把案发当晚的全部过程再仔细讲述一遍。"

"好，案发当晚，我在小区被陶纪宽和汪长波绑架，然后他们把我带到了岱湖……"

许以婕将自己如何被绑架，如何被欺辱，胡汀阳如何拼死相救，将三名绑匪一一杀害的整个过程，一五一十地说了出来。就算平时总是一副女强人的形象，在述说这段屈辱记忆的时候，许以婕还是忍不住眼含泪花。

"这就是全部了吗？"束丽丽并没有因为她表现出的委屈和柔

弱,就停止质疑和追问,"案发现场没有其他人了吗?要不要我再提醒你一下?"

许以婕很快拭去泪水,调整好情绪,然后才故作平静地说了一句:"我不知道您在说什么。"

"那我就来告诉你。你和柳化锋相处多年,感情深厚,听说大学时期你还做过他的心理辅导员,帮助他走出'大火案'的阴影。他也为你改了名字——把原先的'柏建'改成了现在的名字,决心重新开始。

"你们在一起这么久,一定听说过胡汀阳这个名字,知道柳化锋对他恨之入骨。恰巧接待毅行大会海外嘉宾的工作,又是由你负责的。所以,当你知道胡汀阳会出席'程序员巅峰论坛大会'时,就想办法调换了柳化锋的工作,避免让两人碰面。

"与此同时,孙筱音等人已经作好了针对你的绑架计划。因为柳化锋的工作是临时调整的,所以他们并不知情,否则也不会把你带到岱湖南岸了,更不会让你给男友发那条求救信息。

"柳化锋接到求救信号,立即赶往案发现场。但是他没有直接出手相救,更没有选择报警,而是躲在暗处让胡汀阳履行了本该由他履行的责任和义务。等胡汀阳杀害了三个绑架犯,他才默默走出来,从背后偷袭了胡汀阳。

"接着,你驾驶孙筱音的车离开岱湖,柳化锋则留下来处理现场,并把嫌疑嫁祸给胡汀阳,伪造成对方畏罪自杀的假象。

"毅行当天,你还制作了应急专题,呼吁市民提供线索。其实，你这样做的真正目的，是让你和身在宋力别墅的男友有一个随时随地掌握现场情况的渠道。就算市民提供了破案线索，你也会在后台偷偷删除。而且，为了误导警方办案，你甚至主动举报了杨礼权……"

"这些都是你们胡乱猜测，你们根本没有证据！"

"宋力已经撂下了，你男朋友的不在场证明也就不成立了。胡汀阳老宅的起火点——也就是智能驱蚊器，还有摄像头，我们也都查清楚了。这两个设备都连接过柳化锋的手机。"马旭直接拿出证据反驳道。

"你为他做了这么多，值得吗？"束丽丽同情地看着这个可怜的女人，"你觉得他对你怎么样？你在案发当晚的11点27分就给柳化锋发过求救信息，但是他没有第一时间选择报警。就算他及时赶到了绑架现场，也没有奋不顾身地救你，而是目睹你被侵犯，坐等别的男人——胡汀阳——出手。他把认罪书的邮件预设在晚上8点，看你被带到警局审问时依然不为所动，没有提前点燃老宅。因为提前点火，会和邮件发送时间有出入，自己也就会暴露。他为了自己的安全，再次置你于危险而不顾。就算是出现在你家小区垃圾桶的那件衣服，对，就是胡汀阳的那件外套，也完全不像被穿过的样子，那是因为柳化锋不许你穿别的男人的衣服。真有意思，其他男人救你就可以，衣服却不能穿……"

"不要再说了！"

"你为柳化锋付出这么多，其实，他根本就没有那么爱你。他甚至还会杀了你,因为你知道他太多的秘密了。"

"不,他不会!"

"他会!你以为每个节假日他带你出去旅游,是为了陪你散心吗?你错了,他那是为了给自己制造不在场的证明!你为了他,放弃跟国外的父亲团聚,如果那个最疼爱你的父亲,看到你现在这种处境,不知道会有多难过……"

"不是这样,不是这样的……怎么会是这样啊!"许以婕坚强的外壳终于土崩瓦解,伏案痛哭。

待她情绪好了一些,束丽丽才接着道:"许女士,你也是接受过高等教育的,该懂得法律和爱情之间孰重孰轻。包庇罪,这个罪名说重可重,说轻可轻。你本来就是被绑架的受害者,现在再把你转为目击证人,法官一定会从轻处罚。希望你好好想一想,不要再执迷不悟了。"

许以婕整个人颓废下来,这两天她遭受的太多了,大哭一场之后,反倒有一种如释重负的轻松感。她让后背靠在审讯椅上,缓缓谈起了她的爱情故事:

"其实,我们已经准备结婚了。下个月就是我们正式交往八周年的日子,他准备在那天向我求婚。我当然会答应他,除了他,我这辈子都不会嫁给任何人。

"事实上,他的求婚是被我逼的。我今年已经29岁,跟他相识九年,相恋八年,两人感情一直很稳定。我们都有房有车,收入也不差,但他总是说还有事情没做完,等做完了才能结婚。问他什么事情,他也不说。但是我大概猜到了是什么事,这也是我要尽快跟他结婚生子的原因之一,我想通过婚姻家庭绑住他,让他从过去的阴影中彻底走出来。

"为了逼婚,我甚至制造意外怀孕。以前那么多次都失败了,没想到上周居然受孕成功了!他也终于决定结婚了,还说忙完这阵,我们就去美国,这样孩子一出生就是美籍了……

"他是一个好男人,也是一个好伴侣。他的性格虽然有些内向,不善言辞,也很少会制造浪漫和感动,但我知道他性情温顺,骨子里热爱生命,愿意享受生活,对我也情真意切,从来没有发过脾气。

"九年前,他刚上大一,我那时已经上大三了。学校有个心理援助协会,免费为需要帮助的同学提供相关咨询和治疗服务。我们就是在那里认识的,他是我的一个辅导对象。

"一开始他的配合并不积极,什么都不愿说。我就带着他一起参加各种校园活动,陪他去健身房,还教他练习拳击。拳击的目标感特别强,非常适合减压和发泄,拳头挥出去的那一刻,心中压抑和郁闷的感觉也会一散而空。出汗运动还能够释放体内的内啡肽,让心情变得愉悦。

"渐渐地,他开始信任我了。我就顺势鼓励他把心中的创伤勇敢地说出来,老是藏在心底,是不会自动愈合的。人类受损最严重的情感,往往就是那些从未得到倾诉的部分。如果内心的压力长时间得不到宣泄,还会引发更多的问题,比如PTSD(创伤后应激障碍)、妄想症等。而只要简简单单地说出来,就已经是一剂有效药方了。

"终于,他卸下了防备,告诉了我'大火案',告诉了我他和柳洁的故事,还说凶手一定就是胡汀阳,只是他没有证据。

"我让他放下仇恨,相信警察和法律,然后一边对他继续进行心理辅助,一边又带他体验更多有趣的生活。我们玩过越野、蹦极这样的极限运动,也进过深山老林感受大自然,还一起在学校举办过1024程序员编程大赛。

"我们两个人单独在一起的时间越来越多,我发现他对我,不再只是单纯的信任了,还多了一些依赖。而我对他,可能是日久生情吧,慢慢也产生了好感。2014年的11月11日——这个日子我记得非常清楚,因为是'双十一',又是'光棍节',同学们都在用各种方式庆祝这个'人造节日'。

"他也把我喊到宿舍楼下,手里捧着一束玫瑰花,羞赧地半天说不出话。我就一直看着他,等着他……身边已经围了不少吃瓜群众,都在起哄,大喊'亲一个,亲一个'。我不为所动,依然那样静静地看着他,等着他,我知道这对他来说并不容易。突然,他把鲜花塞给我,扭头就想跑,我趁势一把牵住了他的手,耐心地问这是什么意思。他依旧艰难、尴尬地傻站着,我能感觉到他都快急哭了,于是我的手慢慢放松,让他可以随时挣脱掉。

"可是,他没有走,反而更加紧紧地攥住我的手。好像我的手,给了他一种神奇的力量,他终于从嘴里挤出了那句话:'我喜欢你'。

"当时我的眼泪一下子就掉下来了,可能是因为幸福,也可能是为他的勇气感到高兴。但是后来他问我为什么哭时,我告诉他:是因为你把我的手握得太紧,弄疼我了。

"那天以后,我们就开始了正式交往。我计划在周末的时候好好庆祝一下,还预订了一个包厢,邀请几个好朋友一起吃饭。可是,那个周末,也就是2014年的11月15日,他丢下一句'有事要做'就匆匆离开了学校,剩下我一个人,独自应付那些朋友。

"第二天他回学校后,可能是看到我生气了,二话没说,直接就去理发店剃了个光头,然后又把名字改了。剃头事小,改名字可就是大事了,我问他为什么要改,他说要彻彻底底地跟过去告别,打算从头开始。以前的柏建已经死了,以后的柳化锋,眼里、心里都只有我许以婕一个人。

"后来,他果然说到做到,每天早上帮我买好早餐,中午在食堂帮我排队打饭,晚上在自习室帮我占座。除了上课不在一起,其余时间我们简直是寸步不离。到了节假日,他还会带我出去游玩。我们谈恋爱的第一年春节,他就带我去了海南。

"我记得胡汀阳的父母也是在那一年的除夕夜遭人投毒的。当时我有怀疑过柳化锋,可是案发时,我和他在一起,而且还是在两千多公里外的海南……

"2015年9月,我大学毕业,远在美国的父亲建议我过去攻读硕士学位，当时我是直接拒绝的。有一次，不经意间我把这件事告诉了柳化锋，本以为他会站在我这一边，没想到他却大力鼓动我出国读书。为了这事，我生了他好几天的气。我的父母就是因为长期异国分居才感情破裂的，我不愿重蹈他们的覆辙。

"然而我最终还是没能说服他们。我的父亲已经帮我安排好了一切，柳化锋也说他不想让我那么早出去工作，然后赚钱养他。况且我在国外读的是MPA（公共管理硕士），只有两个学年，到时候大家正好可以一起毕业，一起找工作，没准儿还能在同一家公司上班。他还说我在学校有那么多的学弟学妹帮忙监督，他敢不老实吗？

"在国外的时候，我把我和柳化锋的事情告诉过我的父亲。他是极力反对我们在一起的，说执念太重的人容易走极端，不可深交，何况柳化锋的执念还是恶念。

"父亲还多次要求我留在美国，陪他一起生活，弥补他年轻时因为工作太忙没有好好照顾我的遗憾。可是我终究还是因为那个男人，离开了我的父亲。

"我在美国读书的那两年，柳化锋一直说要来找我，每次都被我拒绝了，一来我怕他和我父亲见面，二来因为我知道胡汀阳也在美国。

"为了监控柳化锋的行踪，我每天都会和他视频通话，还定期检查他的银行账户、护照信息。但是现在看来，那两年他应该没有放弃过对胡汀阳的追查。背着我，他可能向胡的同学、邻居打探消息,在暗网花钱雇人调查,甚至还可能偷偷来过美国。他完全可以用打零工挣来的钱购买机票,借口时差原因糊弄我的查岗,从美国回来后再把护照挂失。就算我发现护照补办过,他也可以说成之前的那本丢失了才挂失补办的。我又并非本人,查不了他的出入境记录。

"幸好胡汀阳跟不少留学生一样,起居无时,行踪飘忽不定,平时学校都难能去一次。加上柳化锋不可能较长时间待在国外,这才让他侥幸躲过一劫。

"我从海外归国后,柳化锋也大学毕业了,我们俩顺利通过搏虎科技公司的面试,从校友成了同事。

"职场不比学校,我们做的又是互联网行业,节奏快,压力大,'996'是常态。开始我还以为柳化锋会适应不了,没想到他的角色转变非常平顺。可能这跟他的成长经历有关系,他的母亲已经去世,父亲早年创业失败,至今下落不明。生存的压力,让他比常人更能吃苦,脑子也更灵活。还在上学的时候,他就通过倒腾域名赚了不少钱。后来移动互联网兴起,域名不值钱了,他又把赚到的钱全部投进了楼市。当时房价还不高,而且没有限购,如果把这些房产套现,完全可以让我们两个衣食无忧。

"但是他好像对钱没有太大兴趣,说他的财产积累运气的成分太大,而运气这种事,不是天天都有的,只有靠真本事挣钱,才是长久之计。于是,他开始用心工作,拿出一部分钱投资了逗虎直播,可他又觉得自己不擅长管理,项目负责人便让我来担任。

"逗虎直播凝聚了我们全部的心血，不只是因为投了钱，更主要的是，它是我和柳化锋第一个共同参与的项目。虽然它不是我们创办的，但我俩一直视如己出，倾注了大量的情感。

　　"工作变得异常繁忙，每天披星戴月，周末也没力气、没时间出去放松了。柳化锋就隔三岔五地找茬儿，成心气我，一开始我还不理解他为什么火上浇油，惹我生气。后来我才明白，他这是把自己当成了沙袋，故意把我的负面情绪激发出来，然后一股脑地将那些憋屈、疲累、烦闷等统统撒在他身上。

　　"但是他见我并没有像其他女人那样大骂大闹，还动手打人，而是被气得一个人躲起来哭，原来的负面情绪不仅没有得到排解，反而变本加厉，更加委屈了，于是改变策略，每年都强制我至少连续休息两个礼拜，一起去参加封闭式的户外活动。

　　"记得有一次我们进山，当时天色已晚，一不小心，我摔了一跤，然后他就把我背到了营地。其实，我摔得一点都不严重，他还是硬生生地背着我走了几公里的山路。这波狗粮撒的，让同行的小伙伴都看不下去，发誓以后不带我们玩了。

　　"他经常说，我就是他唯一的亲人了，不对我好，还能对谁好？家里的一切家务，买菜做饭，洗衣拖地，都是他干。就连我的内衣内裤，他都不放过……我告诉他很多次，一个大老爷们儿不用干这些，什么都让你干了，你还娶我干吗？他则反驳说，我既不抽烟，也不喝酒，更不赌不嫖，唯一的消遣就是做家务，总不能这点爱好都给剥夺了吧？

"他的资产全部交给我来打理,每个月刚发工资就一分不留地全转给了我。我说,你多少留点儿,万一渴了,想买瓶水呢?他说,家里有现成的凉白开,公司有免费的饮料,出门在外,难道你还不给我买瓶水吗?

"这样一个死心塌地、一心一意的男人,难道不值得嫁吗?有一次我开玩笑地问他,我比你大两岁,你又对我那么好,你该不会有恋母情结吧?他立马变得认真起来,反问我:那你有没有恋父情结?从小你的父亲就不在你身边,为了我,你还不顾他的反对毅然回国和我在一起。我无以为报,只能尽力帮你把缺失的父爱找回来……

"我们认定了彼此,决定在17天之后的'双十一',也就是相恋八周年的日子结婚。我们已经作好准备迎接孩子的到来,我们笃定未来的生活将会更加美好、幸福、甜蜜、圆满……

"遗憾的是,我们的美梦还没成真,噩梦就已经不期而至了。

"我没有想到曾经信任的下属汪长波,会把我引到黑暗的角落,伙同他人绑架了我。我没有想到作为同事,孙筱音和汪长波会任由陶纪宽对我胡作非为。我更加没有想到自己深爱的男人,接到求救信息后竟然没有第一时间报警,而是无动于衷地看着我被别的男人扒光衣服!

"我以为我很了解柳化锋。我相信他会像他说的那样爱我,死心塌地,一心一意,我笃信他是一个值得托付终身的男人,我还傻傻地幻想这么多年都过去了,名字也改掉了,他应该会彻底忘掉黑暗的过去吧？

"但是，当他看到胡汀阳的时候，心中的恶魔又一次浮现了。或者，那个恶魔一直都在，未曾离开。

"直到现在，我才豁然醒悟，和我在一起，陪我出去玩，都是为了不在场证明；让我出国读书，是为了方便接近胡汀阳。看来我费尽心思不让他们见面，只能是个笑话。

"他从来没有爱过我，我远不如那个叫柳洁的女孩。不仅不爱，他可能还会杀我灭口！他的心理根本没有病，有病的人是我！

"我依然要感谢他！感谢他，当初对我告白时的犹豫不决。感谢他，曾经对我表现出的那么一点良知！"

第二十五章
那就这样吧

最后一场审问,由郭强和束丽丽负责。林闯和专案组的核心成员,则在单向透视玻璃的另一面——监控室里——进行观察。

看着对面这个老实敦厚、精神乏累的老熟人,郭强暗暗告诉自己,不要再被他表现出的善良所欺骗。

"柳化锋,好久不见了。其实,我更喜欢你以前的名字。"郭强跟老熟人打了个招呼。

"你是哪位?我认识你吗?"柳化锋露出疑惑的表情,淡淡地问道。

"不管你是真不记得我,还是假装不认识我,都不重要了。在铁证如山的事实面前,这次你跑不掉了。你要为你犯下的累累罪行,付出应有的代价!"

"哦?那就请你说说我都犯了哪些罪。"

"你还不承认?七年前你谋杀了胡氏夫妇,这次胡汀阳又惨遭你的毒手。真是赶尽杀绝,你这是要灭门啊?!"

"证据呢?什么时候警察办案可以不用讲证据了?如果不讲证据,九年前的大火案为什么不枪毙胡汀阳?"

"这就是你的作案动机,你偏执地以为九年前的那场意外是胡汀阳干的,就对他怀恨在心。时间的流逝没有抹平你心中的恶意,反倒慢慢滋生了歹念。你谋划并实施了复仇行动,七年间,先后将胡氏一家三口全部杀害。

"2014年11月15日,你来到胡家小区附近的超市,制造巧合,接触到梅丽,然后趁其不备,把事先准备好的毒鼠强投放到面粉底部。三个月后的除夕夜，胡氏夫妇在家中用面粉包饺子，不幸中毒身亡……"

"怎么可能是我干的？当时我和女朋友在海南度假啊！"

"没错，案发时你正和许以婕在外地旅游，有完美的不在场证明。但是，你和许以婕恋爱关系的确定，是在2014年的11月11日；而你和梅丽的第一通电话，是在2014年的11月15日。这种巧合，你如何解释？

"我来帮你解释吧。你和许以婕谈恋爱，又在每个节假日特意到外地游玩，目的是制造不在场证明。你和梅丽的第一通电话，则证实了你在超市投毒的行径。"

"我那天是去过超市，也碰巧见过梅阿姨，还互留了联系方式。当天她给我打电话，是让我去家里吃饭……不是你说的那样，我没有投毒。"

"不要再诡辩了！当天你原本约了许以婕一起吃饭，但你没去，偏偏来到梅丽小区边上的超市，又偏偏碰见了之前没有交集的梅丽，还互留了联系方式……"

"你们非要这样想，我也没办法！反正你们办案不讲证据不是第一次了！"柳化锋怒气冲冲地道。

"注意你的态度！"束丽丽厉声斥责。

郭强反倒没有生气，他知道刚才所说的这些证据，确实不能直接证实柳化锋的投毒行为。就算他去过超市，见过梅丽，也没有监控、人证、物证等可以证明就是他投了毒。

案件已经过去那么久，很多线索都是查无可查了。目前好不容易掌握的这些证据，顶多也就算"外围证据"，还称不上核心证据。如果请一名优秀律师辩护，到了法院，他是极有可能逃脱制裁的。

所以，柳化锋才会有恃无恐，嚣张跋扈地说出这些话。

但是，接下来郭强就要让这个法外狂徒输个明明白白、清清楚楚。

"说说胡汀阳吧。他有七年没回国了，10月23日刚回到老家，当晚就惨遭谋杀，而且被伪装出一副畏罪自焚的样子……柳化锋，这起案子跟你有没有关系？"

"没有！案发当晚我和宋力在一起，我们互为不在场证明。"柳化锋矢口否认。

"你可能还不知道吧？宋力，还有你的女朋友许以婕，全部交代了……你现在已经是强弩之末了，真该让你看看自己撒谎时的表情是多么好笑。不过我还是愿意把案件重述一遍，省得你又说我们办案不讲证据了。

"程序员毅行大会开始之前，许以婕得知胡汀阳会回国的消息，于是利用工作之便特意修改了胡汀阳的住宿地址，还临时帮你调了班。但是她没有想到，你早就作好了准备，计划在10月23日晚上行凶。

"所以，案发当晚许以婕向你发出求救信息时，你没有马上报警。你的心里只有仇恨，就算牺牲女朋友也在所不惜。我想问问你，你们在一起这么久，你是不是一直都在利用她？

"你来到现场，目睹了许以婕遭人欺凌，但你没有出手，因为胡汀阳出现了，在他解决了三名绑匪后，你才从背后袭击了他，坐收渔翁之利。

"你开着那辆套牌车，把胡汀阳挟持到老宅。接着，你用提前准备好的智能驱蚊器改装成点火设备，又用网络摄像头监控着房间里的一举一动。我们已经通过这两个硬件设备的编号，查到了它们连接过你的手机。

"关于这一点，你之前应该想过购买一张新的匿名电话卡，这样我们就查不到你了。可是你也知道现在的手机号都已经实名制了，你又没有足够的时间通过非法渠道购买，所以，你只能用自己的手机连接那两个硬件设备，作案后再彻底清除记录即可。而且硬件设备已遭焚烧，警方应该是无证可查。这个方案真是省时、高效又安全。说到这里就要感谢你们公司的大力配合了，很快查到了丢失的设备编码。有了编码，生产厂家不难调取到使用记录。

"另外，我们还查到胡汀阳的手机号码在10月24日当天一共消耗了23个GB的流量。那是因为你用了他的手机设置Wi-Fi热点。数据流量记录显示，主要就是用在了摄像头和驱蚊器上。

"那封洋洋洒洒的万字认罪书，也是出自你手。字数虽多，但你很快就写完了，因为大部分内容你都可以在网上查到，甚至提前准备好。加上你对胡汀阳了如指掌——这个世界上应该没有人比你更了解他了,完全可以把邮件写得以假乱真。

"在邮件中,你多次提到胡汀阳的精神问题。其实,你是想要坐实他的犯罪事实,不让他因为精神问题而逃脱法律制裁。真是杀人诛心,自焚还不够,非要再给他弄一个杀人狂魔的身份。

"为了制造自焚的假象,你活生生地绑了胡汀阳将近20个小时。我们找到尸体时,发现铁丝已经勒到他的骨头了。

"你在邮件中还提到胡汀阳的'作案动机'不是因为仇恨互联网。那你呢?你的父亲同样是最早进行互联网创业的那波人之一,只不过他没有成功,最后搞得妻离子散,和你母亲离了婚,跟你也有很多年没联系了吧?

"这是不是你选择在1024程序员大会现场抛尸的原因?还故意留下913这个线索,并把陶纪宽丢弃在写着"程序员精神"的石碑之下……我第一次看到那封认罪书,就知道它是伪造的,因为那里面有太多你的影子……

"把胡汀阳绑好、认罪书写完并设置了定时发送,点火设备、摄像头也都准备就绪了,你就偷偷溜回宋力家中。

"在宋力家,你通过网络摄像头、毅行工作群,还有许以婕开发的那个应急专题等途径,时时刻刻监控着几百米处的胡汀阳,以及整个案子的最新进展。

"你刚才说你和宋力互为不在场证明,不过他已经全部交代了,他无法确认你当晚有没有离开过,别墅的监控也存在10秒的漏洞。

"昨天晚上6点多民警去宋力家调查,你故意让他们知道要去市区吃饭,好为你8点的犯案提供不在场证明。你以为通过手机遥控点火设备,就可以滴水不漏了,但是,天网恢恢,疏而不漏,我们还是通过硬件设备这条线查到了切实的证据,足够判你个死刑了!"

听着郭强这番话,柳化锋的表情渐渐暗淡下来。

"你说过犯罪人分为两种,一种是有危险人格的,另一种是有危险心结的。我想问问,你属于哪一种?"

柳化锋沉默不语。

"你后悔过吗?为了九年前的一场意外,你连杀三条人命,值得吗?"

柳化锋依旧沉默不语。

"你爱过许以婕吗?她有了你的孩子,你知道吗?你接近她,就是为了利用她?"

柳化锋彻底地沉默不语,脸上露出了平静、释然、解脱的神情,又夹杂着些许的鄙夷、无奈和苦涩。

他目光游离,精神涣散,仿佛思绪已经飘到了很遥远的地方。

第二十六章
梦中窥人

我做了一个梦，一个特别悠长又十分逼真的梦。梦中有我幸福的童年、懵懂的少年，还有浪漫的青春记忆。

有人说，童年是一生中最快乐的时光，我也不例外。我时常怀念起那时的清新空气、绿水青山，还有一张张亲切可爱的笑脸。没有这么多的高楼大厦、钢筋水泥，人们的脚步不再沉重、匆忙。

我的父亲是一个贫穷但又不甘于贫穷的人，碰巧读过几年的书，所以他在我出生后没多久，就一个人到外面闯荡了。后来我才知道他从事的是互联网行业，不过当时大家都觉得他干的不是什么正经行当，没准儿还是违规违法的勾当。

我的母亲是被我父亲骗到手的。他们读大学时就怀上我了，那个时候应该还是很传统的，为了把我生下来，他们放弃了学业。母亲是城市人，父亲说他印象中的城市人应该是比较开放的，但是他们这种前卫的做法并没有得到城市人的理解。在一个艰难的抉择面前，母亲挺着肚子跟着她心爱的男人走了，在我姥爷、姥姥伤心欲绝的目光中，来到了完全陌生的祁家村，从此在这里生活了十几年。直到后来我读了初中，可以照顾自己，她才跟随父亲创业去了。

我出生的地方叫祁家村，一个普普通通却又非常宁静祥和的北方村庄。经常有一群慈祥的老人，坐在村东头的桥边，一边抽着烟斗，一边讲着久远的故事。

柳洁的父亲，跟我爸是从小玩到大的好哥们儿。两家又是近邻，所以，我母亲经常让我带着柳洁一块玩，说她缺少母爱，怪可怜的。

　　起初我是拒绝的，虽然我俩年龄一般大，她也完全没个女孩儿样，但总归男女有别。她们玩的是过家家，我们玩的是下河摸鱼，上树捉鸟。可是当小伙伴们为了把她赶走，骂她是没娘养的孩子时，我又忍不住替她出头。小伙伴生气地指责我，居然为了一个女人跟他们大打出手，既然这样，那就不要再做兄弟了！然后果断把我开除出组织。

　　见我没了兄弟，柳洁热情地邀请我加入她们的女生俱乐部，我严词拒绝。开玩笑，加入她们，我还不如一个人玩呢！柳洁非常仗义，觉得这一切都是由她而起，她得负责。于是，她更爱跟着我，总是穿着一身白裙子，扎个马尾辫，风一样地跟在我后面，在田间地头跑来跑去。

　　时间一长，慢慢就习惯了。夏天的时候，我带着她去河里抓鱼、爬树上逮知了、到别人地里偷西瓜；秋天的时候，我领着她收花生、掰玉米、挖红薯，再趁大人不注意，用灶台烤着吃；冬天的时候，我们在雪地里堆雪人、打雪仗，在河面上溜冰，在小树林里捉迷藏；春天的时候，我们下地剜野菜，上树捋叶子，什么荠菜、洋槐花、榆钱，统统吃过。

　　到了读书的年龄，我们也是一起上学，一起放学。农村的学校比较少，通常是几个村子才有一所学校。不同村庄的学生，就会自发形成一个阵营，相互抱团。放学的路上，不同阵营的小家伙们常常莫名其妙就打起来了。这种局面下，祁家村的小伙伴不约而同地联合起来,只有这样才能一起抵御"外敌"。因为有着共同的敌人,我和柳洁重新回归了组织。

有一次柳洁是值日生,需要在同学们都离开后把教室打扫一遍。赶巧那天我约了小伙伴,放学后去偷采邻村的桑葚,没有等她一起回家。

柳洁做完值日的时候,天色已经暗下来了。道路两旁的玉米秆比人还高,别说一个小女生,就是大人独自行走,都有点害怕。当时农村还实行土葬,刚好回家的路上,有一个下葬没几天的新坟。

阴风瑟瑟,黑影森森,空气中弥漫着可怖的气息,柳洁吓得小心脏怦怦直跳,头皮发麻,壮着胆儿一路狂奔。这时,玉米地里传来窸窸窣窣的响动,还有诡异惊悚的笑声和越来越近的脚步声……突然几个披头散发的"小鬼"冒了出来,柳洁直接吓趴在地,头磕到石头上,流了一脸血。

原来这是邻村的几个孩子搞的恶作剧,把玉米须套在头上,扮鬼唬人。本来只想开个玩笑,没想到柳洁这么胆小。看到捉弄对象浑身是泥,满脸是血,他们早就吓得逃之夭夭,不见踪影。

柳洁好不容易回到家,家里还没人。她的父亲柳安景刚调到东吴一中教书,二十多公里的路程,每天骑着自行车上下班,回到家都晚上9点多了。没办法,柳洁只能敲开我们家的门,哭着说"大娘,要不您带我去一趟医院吧"。我母亲见状,赶忙领着孩子去了卫生室,给她处理伤口,又带她回家吃了饭。

晚上柳洁父亲回到家,看见已经熟睡的女儿,不禁叹了口气。农村小孩打打闹闹很正常,大家都是这么过来的,闺女伤得不严重,都是乡里乡亲的,他一个人民教师,也不能太过计较。只是那天晚上,他悄悄地把我喊了出去,进行了一场男人之间的对话。

"虽然你跟洁儿同一年出生,但你比她大几个月,你是哥哥,哥哥就要保护妹妹。你还是个男子汉,男子汉更要保护女孩子……"

"叔,您的意思是让我叫上几个兄弟,把欺负柳洁的那帮人打一顿吗?"

"不,不是。你可不能有这种想法,暴力是最低级的解决方案。男人要有阳刚之气,但绝不是匹夫之勇。"

"我听不太懂,您就直接告诉我,需要我做什么吧!"

"你看我这天天早出晚归的,根本顾不上洁儿。咱们两家挨得近,你俩又是同班同学,我的意思是,希望你每天放学等等她,别只顾着自己玩,让你妹妹一个女孩子单独回家。想想今天,我就觉得后怕,得亏是一群小鬼搞的恶作剧,要是遇上坏人,可就麻烦大了。我听说最近岱湖边上发现了一对双胞胎的尸体,你们平时一定要多加注意。"

"双胞胎?他们是怎么死的?"

"呃,小孩子别问这么多,不利于你的健康成长。我说这些,只是想让你们结伴上学和放学,天黑的时候就老实在家待着,别乱跑。听明白了吗?"

"可是，晚上我要跟小伙伴儿玩捉迷藏，天黑了才好玩。"

"呃，又是一个不靠谱的男人，跟你爸一个样儿……看来只能使出杀手锏了。你还喜欢看书吗？"

"喜欢有什么用？你那么小气，一房间的书，连自己女儿都不让看……"

"那我让你们看书，你能答应我刚才的要求吗？叔叔也是为了你俩的安全考虑。"

"当然可以。"

"不过，我还有两个条件。第一，你们看的书，需要经过我筛选，书单之外的你们不能碰。第二，你们要保证学习成绩不能下降，期中考试如果不是年级前三名，我就不再让你们进书房了。"

"没问题，就这么愉快地决定啦！"

第二天，我就带了一群哥们儿找到那几个小鬼，替柳洁出了口气。然后，我信守了两个男人之间的承诺，一直陪伴和保护着柳洁，直到她永远地离去，直到我已经无能为力……

兄弟们再一次生气地指责我，说我为了女人第二次抛弃了他们。我说我不是为了女人，我是为了看书。他们说那就更可耻了，为了几本破书，居然吃软饭！

那时我们读到了5年级，几个早熟的小家伙已经有点懵懂了，每次用这种语言调侃我们，柳洁就会羞得满脸绯红。我则莫名其妙地看着她，当她看到我在看着她时，一张小脸儿就更红了。

初中不比小学，经常会有社会上的不良少年在校门口勾搭漂亮女学生。这帮孩子打起架来，可不像以前那样小打小闹了，舞刀弄枪、头破血流时有发生。

农村的治安环境太差，教学质量也相对落后，在东吴一中已经稳住脚跟的柳安景没道理不把女儿送到市区念书。

我就没有那么好的命了，依旧在老家读初中。母亲帮我安排好寄宿就跟着父亲创业去了，要不是他们按时给我打钱，我都忘了还有这对爹妈。

那段时间，我曾经沉沦过，整天跟着一帮不学无术的同学，翻墙头到校外通宵上网，打架斗殴，甚至偷过别人家的东西。好在没多久，我就收到了柳洁寄来的包裹，里面有一堆我没见过的零食，好几本试卷和课外读物，还有一封信。彼时的学生都没手机，寄信又太慢，于是把信件塞进快递包裹里，就成了大家主要的通信方式。

那封信至少有5000字，事无巨细地把她这段时间的经历一一写了下来。看着满纸的字迹，一笔一画，工工整整，我都替她感到手疼。信上她说试卷的答案部分已经被她撕掉，等我做完了寄给她，她来批改。课外读物，是她父亲赞助的，但不能白赞助，条件是看完后要写读后感，可以跟试卷一起寄过去。

很快我就把做完的试卷和写好的读后感寄了回去，然后接着翻墙头、打架、上网。可是，没几天柳洁又寄来一个包裹，里面依然是试卷、书、零食和信。信上把我做错的题和答案仔细写了出来，嘲笑我学习退步，错题有点多。

这次我认真地把试卷做完，检查了好几遍才给她寄过去。她回信了，说题目倒是没有错，但是为啥不给她写信呢？她很想知道我这边的情况。

于是，我就把在学校的"英勇事迹"写信告诉了她。本来我还挺沾沾自喜的，觉得自己天资聪明，天天混世，也不耽误学习。结果，这对父女收到信的第二天就一起来学校找我了。柳安景讲了一大堆道理，把我训得跟个孙子似的，老师们都以为他才是我亲爹。柳洁一句话都没说，全程黑脸，临走时才拉着我去医务室买创可贴，要把我身上的几道口子贴住。医生说，你们来得太晚了，伤口都已经结痂，不要再浪费这个钱了。

从那以后，我就专心读书，跟柳洁约定一起考入东吴一中。

初三那年，有一次柳洁连着几个礼拜没给我回信。要不是答应她不再翻墙头，我早就溜出去找她了。不过，很快就是寒假了，他们每年都会回老家过年，到时候就可以当面问问是怎么回事了。

我记得那天很寒冷，我一个人正在家做晚饭，冻得两手通红，突然柳洁闯了进来，让我不要再做饭了，直接去她家吃。

我说："算了，还是在我这儿吃吧，我多弄两道菜很方便，你们刚回来，家里连个下脚的地儿都没有。再说，你爸那厨艺，可不比我好。"

柳洁笑着不说话，摘掉手套，帮忙择菜。

"说说吧，你怎么一个多月都没给我写信？"

"不想说。"

"嚯,假小子有脾气了。"

"再喊我假小子,信不信我一盆冰水浇你头上?!"

"也对,你都十五了,半大的姑娘,不能再这样开玩笑了,免得以后雄性激素越来越高……"

"哼!要是长成男孩还真好了呢!"

"到底咋啦?再不说,我可要问你爸了。"

"别,我说……我怀疑我爸出轨了!他最近经常跟一个女人打电话,好像那女的还有个儿子……"

"你爸那不叫出轨,就算他另寻新欢,也应该叫家庭重组。你是不是担心你爸那点儿财产被骗?"

"你能不能正经点?跟你说正事呢。你知道我跟我妈的感情,为这事我愁了一个多月,这次期终考试都没考好。"

"这就有点儿不像话了,大人再怎么胡闹,也不能耽误孩子学习。你放心,晚上我找你爸好好聊聊。"

"那你要好好准备说辞,每回你都说不过他……"

"这次不一样,这次咱们占理。回头把我爹珍藏的那瓶马爹利给开了,咱俩合伙把你爹灌醉,给他来个酒后吐真言。先探探他的真实想法,也好知己知彼,百战百胜。"

"我看行,但是你可不能喝酒哦。"

"放心,咱们目的是灌醉你爸,不是借酒浇愁。"

晚上酒足饭饱后,柳洁去厨房洗碗,然后给我使了个眼色。我知道时候到了。

"叔,聊两句?"

"说,趁我还清醒着。"

"最近洁儿的成绩下降挺厉害的,下学期就中考了,这个节骨眼儿上,咱可不能出任何幺蛾子呀!"

"扑哧",柳安景没忍住笑出声来,随后眼神迷离,"咣当"一声,趴桌子上睡着了。

害得我跟柳洁一边一个,费力搀扶了老半天,才把他弄到床上。

这爷们儿不讲武德,装醉……不过现在想想,柳安景应该是用这种方式回避问题,没准儿当时还掉了几滴眼泪。为了不耽误孩子读书,他只能暂时埋藏了自己的爱情。

后来,我们顺利考入东吴一中。柳安景想办法把我和柳洁分到了一个班级,并亲自带这个班。

在班主任柳安景的监管下,我们的学习成绩想不提高都不行。可就算再努力,我们也始终只是第二、第三名。第一名长期被一个男孩霸占着,任何人都无法撼动。

这个男孩完全不像一个学霸的样子,性格特别内向,很少和别人交谈,眼神中有种淡淡的忧郁,又透着一股凛冽的寒光。因为他实在太闷,脑袋又特别小,就像一只闷葫芦,同学们就给他起了个外号,叫"小葫芦"。

老师都喜欢成绩优秀的学生,但是柳安景对小葫芦的照顾程度,远远超过了普通师生的范围,隔三岔五还请他到家里吃饭。也因此,我和柳洁对小葫芦有了更多的了解,慢慢还发展成了好朋友。

我们在学业上相互帮助,中午一起去食堂吃饭,下了晚自习,还相约到操场跑步。

暑假的时候,我和柳洁邀请小葫芦来祁家村小住几天,让他这个城里人感受一下乡村的美好生活。

第一次来农村,小葫芦什么都不认识,什么都不会做,真是一个没见过世面的可怜虫。

我和柳洁带他捡柴火,用压井压水,洗菜做饭。饭后我们去田里摘西瓜,也不用刀,轻轻往地上一摔西瓜就裂开了,再顺着裂纹掰开即可。我拿着一大块递给小葫芦,他当时就愣住了,不知道如何下嘴,抬头一看,我和柳洁已经抱着西瓜啃起来了。

吃完瓜,我把上衣脱掉丢给柳洁,然后一个猛子扎进了河里。小葫芦不敢下水,只是安静地坐在岸边,斯斯文文地吃着西瓜。

回家的路上,我们在一片芦苇深处发现了别人撒下的渔网。我跟柳洁对视一眼,然后默契地点了点头……

到了家,我把大鱼用来红烧和做汤,小鱼儿就油炸,想着小葫芦回家时给他带上。

那时候市面上流行一种名叫潘多拉的饮料,就像打开魔盒一样，口味未知，包装随机。更有意思的是，液体是黑色的，喝完之后才能发现包装纸上的文字。

柳洁开始收集潘多拉的瓶盖。她还用电脑做了模拟拼图，用1024个瓶盖就可以拼凑出她想要的那幅图案。以后，她要把这个图案放在自己家的透明地板下。

我和小葫芦问她图案是什么，柳洁笑着说等瓶盖集齐你们就知道了。

基于这个灵感，我和小葫芦联手开发了一款小游戏：每天完成前一天制定的任务，就能够领取一个瓶盖，集满一定数量之后，还可以拼凑出自己想要的图案。

可能当时潘多拉饮料太热销，没想到我们这个制作粗糙、逻辑简单的网页游戏一经推出，立马就火爆全网。潘多拉公司想要收购这款游戏，直接被我们拒绝了，然后他们又威胁我们说侵犯了他们的知识产权，扬言要打官司。我们实在没时间应付，经小葫芦牵头，就把游戏卖给了他爹，不过到现在也没收到一分钱……

经过一年多的相处，我们三个人对彼此已经非常了解了。每次考试都能猜到自己不会做的那道题，对方能不能答出来。我们在学习上你追我赶，在生活上相互帮助。出于对电脑的喜爱，我们约定一起考入中国最好的大学，就读计算机专业；毕业以后就联手创业，做出一款影响世界的产品，为中华民族的伟大复兴添砖加瓦！

万万没想到，这种单纯的友情很快就进入了倒计时。

高二下学期，小葫芦的性格越来越孤僻，甚至已经有点抑郁症的苗头了，整天活在自己的世界里，连我和柳洁找他说话都不理会了。

柳安景看出了异常，但很奇怪，他那么能言善道的语文老师居然没有私下找小葫芦谈心，只是在课堂上总点名让小葫芦回答问题，好像是通过这种方式，悄悄地暗示和点拨。

老柳的这种做法痕迹太过明显，同学们都看不下去了，偷偷议论说，不知道的还以为小葫芦才是柳安景的亲儿子，柳洁反倒像个外人。

老柳的过分关爱，加上同学们的闲言闲语，让小葫芦备感压抑和烦躁。有一次，我听到他跟家人打电话，说想要调班，但被狠批了一顿。他心里憋屈，得不到发泄，就经常下了晚自习一个人躲在操场阴暗的角落里抽烟。

学业越来越繁重，我和柳洁也顾不上这个忧郁的闷葫芦了，每天天不亮就起来上早自习，吃早饭，上午五节课，吃午饭，下午四节课，吃晚饭，再上两个小时的晚自习……唯一放松的时刻，就是结束一天的学习之后，去操场痛痛快快地跑几圈，不仅可以锻炼身体，还能舒缓紧张的神经。

跑完步，我再把柳洁送回家。这个习惯，我已经从小学坚持到了现在。想想自己也挺不容易的。

一个夏天的晚上，电闪雷鸣，下起了暴雨。晚自习结束后，同学们都已经回去了，只有柳洁还趴在桌上写作业。坐在后排的我没有上去打扰，从桌膛里掏出一本《红楼梦》看起来。看着看着，我就睡着了，还做了一个特别美妙的梦，梦到贾母带着宝玉等人去宁府赏梅，宝玉睡在了秦可卿的房间……

突然，一个惊天霹雳把我从美梦中吓醒。我流着哈喇子，迷迷糊糊地睁开眼，看到柳洁坐在我旁边，正笑眯眯地望着我："做什么梦了？口水流了一桌子……"

"说出来你可能不信，我做了个红楼梦……"

"呃，你还有工夫看这些书！给我，我没收了。考完试才可以看，起码也得周末才行。"说着她就把书夺走了，"哎呀，怎么黏糊糊的？都是你的口水！"

外面依然下着大雨，两个人都没有带伞。

"要不你在教室待会儿，我先去宿舍拿伞？可别淋感冒了，耽误学习。"

"哪有那么矫情？直接冲出去。大夏天的，怕啥！"

"那你把这本《红楼梦》顶头上，不至于把头淋湿。"

"不行，太糟蹋东西。别废话了，咱们直接冲吧。"

我看四下无人，准备脱掉T恤，给她遮风挡雨。

"你干吗？赶紧给我穿上！在学校里光膀子，像什么样子！"话还没说完，她就朝外跑去。

雨实在太大，打在眼睛上，根本看不清前行的路，我们只能停在半路的图书馆避雨。图书馆早就闭馆，两个人挤在逼仄的屋檐下，紧紧挨着。

"你是不是对图书馆有什么特殊的感情？对面就是行政楼，门还开着，灯还亮着，你非得把我带到这么狭小的屋檐下避雨……"

"不好意思，没瞧见。要不咱们现在跑过去？"

"算了，你看我这样，跟个落汤鸡似的，还好意思过去吗？"

我不由上下打量了一番。柳洁湿漉漉的长发，啪嗒啪嗒滴着水，洁白如玉的面庞上，滑落一颗颗雨珠，衣服已经被雨水打湿，紧紧贴在身体上，更显亭亭玉立……这一切在昏黄路灯的映照下，竟然有了一种浪漫偶像剧的感觉。

"你这形象，确实不适合见人。"说着我还是把T恤脱掉了，给她套上，"我光着膀子丢点人没关系，你现在都出落成大姑娘了，以后可得保护好自己，不能这样大大咧咧的了，让人占了便宜都不知道。也怪老柳，这些东西平时没给你灌输……"

"好像你很懂的样子……赶紧回去吧，让人看见，还以为我们在干吗呢……你别送我回去了，早点回宿舍，感冒就麻烦了。"

"我壮得像头牛一样，怎么可能感冒？你也别让我破例，除了初中那三年，我可是一天不落地把你送回家的。"

结果，第二天我就感冒了。

不知道是怕我传染班里的同学，还是出于对我的感激，老柳否定了我带病上学的大无畏精神，硬生生把我弄到他的家属楼里休息了一天。

其实，我的体格还不错，吃点药就好了。

家里没人，两室一厅的房子里除了书，连个电视机都没有。好在柳洁房间里有台电脑，不然真是闷死了。

电脑设置了密码，把她爷俩的生日各试了一遍都不对，后来输入了柳洁母亲名字的全拼才登录成功。电脑刚一开机，映入眼帘的就是那幅由1024个瓶盖拼成的模拟图案，被设置成了桌面壁纸。跟我猜想的一样，图案是柳洁的母亲。

紧接着柳洁的QQ号就自动登录了，传来一连串新消息的提示音，然后我看到小葫芦的头像在频频闪动。我好想点开对话框，看看他俩都聊了些什么，但最终我还是把电脑关了。

心里有种说不上来的慌乱和不安，目光呆滞地在房间里游荡，看到了一个巨大的收纳箱，里面装着一大堆潘多拉瓶盖，每一个瓶盖都是柳洁自己喝下饮料后收集的。钢制文件柜里密密麻麻的书籍，大部分她还没来得及看。文件柜中间的抽屉，她一直锁着，不让任何人看。但此时，抽屉没有上锁。

纠结了几秒钟，我还是一下拉开了抽屉。抽屉的最上面放着一本日记，应该是昨天回来太晚，记完日记后忘了锁起来。日记本下面是一沓厚厚的情书……

中午柳洁爷俩回家，给我从食堂带了些饭，又把上午布置的功课告诉了我。吃完饭，写好作业，又喝了一包感冒冲剂，我就回教室了。

可能是感冒药的副作用，下午我一点儿学习的心思都没有，浑浑噩噩地熬到了放学。柳洁叫我一起吃晚饭，我也没有一点儿精神，趴在书桌上睡着了。她只能再一次帮我从食堂带饭，又逼着我吃了一次药。

下了晚自习，身体依然不舒服，我没跟柳洁打招呼，就自己回宿舍了。刚躺在床上，我就听到柳洁在男寝门口大声叫喊。室友赶紧催我出去，说听这口气，你再不过去看看，这姑娘怕是要硬闯进来，你俩还让不让人洗澡了？

我硬着头皮见了柳洁，跟着她来到了操场。

下了一天的雨此刻终于停歇了，夏天的夜晚，有了一丝清爽的感觉。操场上人不多，和往常不同，我们这次没有并肩走，而是一前一后，彼此沉默不语。

走着走着，柳洁突然跑了起来："难得今天这么凉爽，跑两圈吧。出出汗，你的感冒也就彻底好了。"

我心想，跑什么跑，不知道生病的人要静养吗？但还是拖着不情愿的身躯，跟在后头跑了起来。每当我快要接近柳洁的时候，她就加速，我懒得跟她比拼，跑那么快干吗，还能起飞咋的？

跑出一身汗，柳洁买了两瓶潘多拉，递给我一瓶："你今天是不是干坏事了？"

"坏事我天天干，不知道你说的是哪一件？"

"还贫！你今天是不是打开我抽屉了？"

"呃，我没忍住，谁让你没锁上？我还开了你的电脑，都怪你密码设置得太简单……"

"日记看了吗？还有那些信件。"

"说出来我自己都不信,我居然没有看!"

"没事,看了也没关系。我对你没有秘密。"

"呃,你不是有两样东西不给任何人碰吗?一个是电脑,另一个是抽屉。今天我可是全碰了……"

"那里面也没有什么秘密,真正的秘密都是藏在心里的。电脑里的拼图,是我妈妈的笑容,我都快记不起她了……咱俩从小一块儿长大,日记本里的事情,多半你都是参与者,起码也是见证者……只是那些信件,还真让人有些尴尬。"

"说的那么委婉,不就是情书吗?还说什么信件……难得有人喜欢,好事啊,尴尬什么呀?"

"什么叫难得?我从小就收情书的,只是你不知道而已。还天天喊我假小子!"

"你都那么老练了,为啥这次就尴尬了呢?"

"胡说八道!你再没个正经,我就不跟你说了!"

"我大概都知道了,是小葫芦写的吧?"

"呃,你咋知道?"

"我不仅知道,还能猜到他的情书里除了传情达意,可能还会有一些负面的内容。"

"是呀,挺丧的。"

"你怎么回复他的?"

"我还能怎么回复呀?我一直都在装糊涂。"

"不是,我的意思是,你如果喜欢他,就别老晾着人家。毕竟小葫芦这么悲观的人，万一再想不开。"

"什么玩意儿啊，看来你是真没看我日记！我不喜欢他，行了吧？"

"不管喜欢不喜欢，你还是回复一下吧。回复的内容，不要给出明确答案，就说一切等高考后再说。"

"行，听你的。"

"哎，不对，你刚才好像骂了我吧？说谁是玩意儿呢？"

"你，就你！你今天是不是吃醋了，瞧你那魂不守舍的样儿，我还以为你大姨夫来了呢？竟然今天都不送我回家了！"

柳洁一双水汪汪的大眼睛直勾勾地盯着我，看得我浑身起鸡皮疙瘩。

"你知道吗？有时候我觉得你比我爸还重要，打小你就陪着我，保护我。我也没有其他朋友，生活里都是你。我都习惯你了，习惯跟在你屁股后面玩，习惯跟你一起看书，一起学习，习惯你把我安安全全地送回家。我怕有一天我们都长大了，你会遇到更好的女孩，那样我就不好意思再跟着你了。不过也没关系，只要你开心就行了。反正我是你发小这件事，你是要认一辈子的。"

"瞧你这话说的，差点就把我感动到了。我还以为我们不会有浪漫的爱情故事，全都是平凡的人间烟火。自然而然地一起长大，在人生的每个阶段，一起完成该完成的事情，履行该履行的责任。你陪伴我一生，我保护你一辈子，哪怕付出生命的代价，也在所不惜。"

"那不行，恋爱的部分，少一点儿都不行。我可不能这么便宜你，情书可以不用写，那玩意儿确实太肉麻了，但你总要象征性地追追我吧？"

"那你跑吧，这里就是操场，让你先跑一百米，我再追……"

"又不正经了！不过，我们现在还是要低调一些，免得老柳伤心难过，也省得影响其他同学的学习。"

"嗯，牵手不行，接吻就更不行了……不过，姑娘请放心，这些我都给你留着。"

"呸！什么虎狼之词！"

高考结束的当天，小葫芦就把柳洁约出去了。两人来到一片黑暗的小树林，刚开始还是尴尬但不失礼貌的对话，突然小葫芦就上手了，强行抱住了柳洁。

我赶忙跳出来，小葫芦闻声仓皇逃窜，嘴里还念念有词："不是说好没人吗？"

我从地上抄起一块板砖，就要追上去好好教训一下这个猥琐的家伙！柳洁拦住了我，一边偷偷抹着眼泪，一边还在不停地安慰我。

我把柳洁送回家，然后一个人去宿舍找小葫芦。我哪里咽得下这口气？可是所有的宿舍都找了一遍，连个影子也没看到。

6月9日，高考结束的第二天。成绩好的同学都在找老师帮忙估分，成绩一般的同学就穿梭于各种散伙饭之间。我一整天闷闷不乐,四处寻找小葫芦,但这小子一天都没露面。

"你怎么还没消气啊?犯不着为这事生气。"

"能不气吗?咱们平时对他不错,还设身处地考虑他的感受,顾忌他的面子。谁能想到,他会做出这么龌龊的事情?"

"以后咱不跟他相处就行了……对了,跟你说个好消息呗?"

"晚上吃饭,还是暑假旅游?"

"你都知道啦?"

"老柳今天一早就把我喊出去了,看样子他昨晚应该没睡好,火急火燎地把我从床上拽起来。我还以为什么事儿呢,居然是喊我晚上过去吃饭,还叫我暑假带你出去旅游。多大点事,把一个优秀的人民教师慌成这样。"

"我去,就你这智商,我真担心你不够分数跟我上同一所大学!"

"莫非不是吃饭、旅游这么简单,老柳该不会有什么难言之隐吧?"

"你以后做了父亲就知道了,最好再生个女儿,就更明白了……昨晚你把我送回家,我就找我爸秉烛夜谈了一次。我说暑假想单独跟你一起去旅游,他当时眼泪都差点儿下来了,好像辛辛苦苦栽的大白菜,被一头傻猪拱得稀巴烂。不过很快他就没心没肺地说,终于等到这一天了,正好晚上他也有事情要宣布。"

"果然是老谋深算,姜还是老的辣……如果我没猜错的话,晚上你爹应该会给你弄个后妈出来……到时候真是双喜临门,哈哈!"

"呃，我怎么没想到？老柳的套路比我深啊，让我先开口，然后他就顺势把背后的女人扶正，叫我不接受也得接受。"

"不是他的套路深，而是老柳更爱你。一个男人，从事的是受人尊敬的教育工作，收入稳定，文质彬彬，关键是长得还挺帅，身边一定不乏追求者。他能憋到现在，我敬他是条汉子。晚上咱们再把我爹另外一瓶马爹利偷来……"

"你怎么偷？这是在学校，又不是在老家……其实，我挺想在老家过暑假的。出去旅游，又累又不安全。"

"如花儿的年龄，有点朝气行不行？我爹虽然不靠谱，但他说过一句话，我觉得还是有些道理的，他说趁年轻，要多到外面走一走、看一看，等以后走不动了再回来，过过田园生活，一辈子很简单，也挺快……"

"就怕到时候老家都拆迁了。"

"没事，有我就有家。"

"嗯！"

"呃，我还以为你会说我矫情呢。你这一声'嗯'，弄得我有些措手不及，不知道该如何接话了……"

"那就不要再说了，"柳洁挽着我的胳膊，"时间差不多了，咱们回家吃饭吧。"

一进门，我就看到了低着头的小葫芦和正在厨房忙前忙后的漂亮阿姨。

然后我就一切都明白了。原来老柳不仅给女儿找了个后妈,还带了个弟弟——一个我多次想冲上去暴揍一顿的家伙。

晚饭吃得相当尴尬。我好几次打算中途离开,但每次柳洁都把我按住,好像在说,咱不尴尬,尴尬的就是别人。

终于,小葫芦受不了了,站起身说要出去买点儿饮料。

"一定又是出去抽烟了!"漂亮阿姨等门关上,就愤愤地说,"一点儿都不知道体谅父母。"

"给孩子多点儿时间吧。"

"咱们都领证好久了,正大光明的事情,搞得像见不得人一样。他连柳洁一半都不如,太不懂事了!你上次不是说要把他名字改掉吗,怎么还没改?没准改了名,亲缘意识就会强一些。"

听着漂亮阿姨的话,我和柳洁面面相觑,老柳隐藏得真够深的,结婚证都领好几年了。

"改,明儿就改。"

"想好改什么了吗?"

"我正要跟你商量呢。我们老柳家的家谱字辈是十六个字,即'约恕俭敬,安化乐游,诚谦几德,一念在心'。'约恕俭敬'是对儒家的总结:对自己要约,对别人要恕,对物质要俭,对神明(祖先)要敬。'安化乐游'是对道家的总结:与自己要安,与别人要化,与自然要乐,与大道要游。'诚谦几德'是对《易经》的总结:存自己以诚,待别人以谦,观万化以几(几微,变化的苗头),合天道以德。'一念在心'是对教育的总结:万贯家财,不如一技在身；一技在身，不如一念在心……"

"哎呀，直接说叫什么吧？"

"我的辈分是'安'，那么柏建的辈分就是'化'，他的新名字就叫柳化锋！"

……

吃过饭，我还没走出家属楼，就听到"轰"的一声巨响……

后来，父母把我送到国外读书。听说柏建得了PTSD，就是创伤后应激障碍，不仅失去了对"大火案"的真实记忆，还产生了妄想，把我当成了凶手。

又听说他在大学时，遭到他的女朋友，同时也是他的心理辅导员的PUA。PUA就是施害者通过否定价值观，打压自信心，让受害人质疑自己的记忆力和判断力，直至丧失自尊和自信，被施害者完全操控。柏建不仅被骗走了全部钱财，剃光了头发，连一直不愿意改的名字也改掉了。

2015年2月18日，除夕夜，我的父母被人毒杀……

2022年10月23日，柳洁父女走后第九年，我的父母走后第七年，我终于像一只久飘在外的倦鸟、一具没有灵魂的浪荡残骸，回到了早已破败不堪、荒草丛生的老宅。

做了一个特别悠长又十分逼真的梦。梦中有我幸福的童年、懵懂的少年，还有浪漫的青春记忆。

（全文完）

后 记

如果用简单的二分法，或许可以把推理小说分为本格派推理和社会派推理。本格派注重诡计，目标是让读者获得最大限度的智力上的满足，它侧重于"谁是凶手"的圈套设计和"作案手法"的技术创新。社会派则关注现实问题，侧重于对"犯罪动机"的深度剖析，通常具有类型文学的娱乐性，兼顾严肃文学的思想性。

"织网人"系列小说的第一部《织网人：畸零者之罪》，应该可以归属到社会派的范畴。而《织网人：1024之谜》所包含的推理元素或许更多一些。至于它能否算得上本格派，我就不作界定了，还是留给读者朋友们自行评断吧。

其实，无论是哪一个派别，每本书都有它所要表达的主旨。作为"织网人"系列小说的第二部，虽然它的故事是独立的，但它依然延续着互联网+悬疑推理的基因。能够将这两者结合起来，通过类型文学的方式表达出对互联网的一些思考和对两千万互联网从业者的敬意，是我创作"织网人"系列的初衷，也是我努力实现的目标。

"织网人"系列小说的出版，得到许多人的关注和喜爱，当然，身边也有朋友开玩笑地说我唱衰科技，抹黑互联网；说那首《丑陋的织网人》的歌词，深深伤害了他们的心。

对此，我深感抱歉。不过，文学作品不就是创作者对现实的叩问吗？恰恰因为科技的发展迅猛，才需要有人不合时宜地"唱反调""拖后腿"，提出"这真的没问题吗"以此引起大家的重视和思考。任何一种事物，如果看似只有好的一面，就需要有人提出不一样的声音。每一位作者，都希望问题只出现在他的虚构作品里，而不是现实生活中。

当然，我能力有限，能不能做到这一点，就要另说了。

这本书，除互联网和推理元素外，还有另外两个重要的组成部分，一个是"毅行"，另一个是最后一章的小故事。

本书的主要情节，大多发生在一个虚构的程序员毅行大会上。文学来源于生活，这一设定的灵感，源于我之前参加过的几次毅行大会和马拉松赛事。我要感谢我的老领导葛星先生，他曾带领我们参加过多次国际性马拉松赛事，当时公司还组织过多届线下青春毅行活动。

文学来源于生活，但又高于生活。小说中的情节纯属虚构，与现实的企业、事件、人物等均无任何关系，请大家不要作过多解读或猜想。事实上，如果说我的写作有一些放不开手脚的话，那一定是总在有意无意地保护身边的人和事。中国作家，大抵写不出纯粹的"私小说"。即便是鲁迅这样具有巨大思想深度并解剖过国民集体灵魂的伟大作家，其一生充满痛苦，在家庭婚姻和人际关系方面有着诸多戏剧性的经历，也没有向个体灵魂的深处挺进。

本书一共二十六章，让我感动到多次落泪的，还是最后一章。因为，最后一章其实是我之前未公开发表过的一部长篇小说的"精简版"。那部十多万字的青春小说，名为《涩》。我已经记不清是十几年前创作的这部小说，还是更久远的时间。我只记得，我曾像燃烧生命一样地真实创作过，却也为了专心工作，切断了不切实际的文学念想,将其付之一炬。

书稿是烧掉了,谁知故事中的情节和人物竟伴随了我许多年,时不时就浮现在我脑海里。能够在《织网人:1024之谜》中,将这个故事以某种特定的且毫不违和的方式记录下来——而非创作出来,我已经非常知足了。

文学这条路并不好走。我要感谢我的家人,在我踏上这条艰难道路的时候,是你们在背后默默付出和支撑。我要感谢我的编辑老师,给了我出版作品的机会,并对小说的立意、情节等方面提出过许多创造性的建议。我要感谢推荐过"织网人"系列的雷米老师、紫金陈老师,以及知名互联网人黄绍麟先生、人人都是产品经理&起点课堂的创始人兼CEO曹成明先生、维权骑士&鲸版权的创始人兼CEO陈敛先生、联通数科高级工程师张珂先生等。感谢一直以来关注并帮助过我的朋友们。感谢互联网职场道路上所有的领导和同事。

最后,倘若一部作品是有生命力的,那作者只是赋予了它崭新的生命,而生命的延续,还需要读者的阅读。

感恩所有遇见这本书的读者朋友。

徐永健
2023年2月14日

华 章
传奇派

"华章传奇派"是华章同人公司推出的一个小说书系,致力于出版具有传奇色彩的小说,题材集中在文化历史、悬疑推理、职场军事等方面,作品情节曲折,但又以现实生活为根基,反映当前关注的社会话题;具有扎实的专业深度和丰富的知识内涵,具有品质和意义。总之,它们再现了一种生活体验,记录了时代的喜怒哀乐,于磨难中照见信仰,于欲望中给予警醒,于悲喜中彰显思考,于平凡中见证奇迹,带你品味无限不循环的人生。

华 章 传 奇 派

- 反映广泛的社会话题
  书写具有传奇色彩的故事

- 通过悬念迭出或者幽默风趣的故事
  学到丰富的知识

- 品质保证
  比网文深刻简练
  比纯文学浅显有趣

- 题材丰富
  总有一款适合你

《心理罪》（全6册）

雷米著，畅销超过200万册，中国推理悬疑的扛鼎之作

《银行局》（全2册）

边江著，《半泽直树》一样的复仇谜局，把银行业底牌写给你看

《金银图》（全3册）

孟繁勇著，崇祯、曾国藩、张作霖的藏宝局，宝藏狩猎场的生死较量

《画语戮》

沙砚之著，藏在《富春山居图》等中国五大名画里的连环杀局

《执念》

雷米著，时隔20年的泣血追凶，3个男人的灵魂救赎

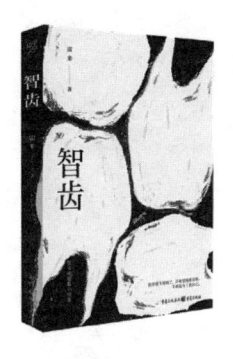

《智齿》

雷米著，雷米首部中短篇小说集，同名电影获香港金像奖14项提名

《织网人：畸零者之罪》

徐永健著，如果你的同事策划了一场谋杀？揭秘互联网业众生相

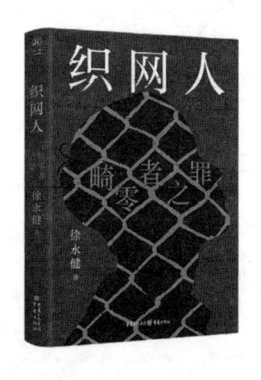